贾平凹小说精读书系

小月前本

贾平凹 著

陕西师范大学出版总社　西安

图书代号　WX24N0886

图书在版编目（CIP）数据

小月前本 / 贾平凹著. —— 西安：陕西师范大学出版总社有限公司，2024. 7. ——（贾平凹小说精读书系）.
ISBN　978-7-5695-4500-5

Ⅰ. I247.5

中国国家版本馆CIP数据核字第 2024TS0992 号

小 月 前 本

XIAOYUE QIAN BEN

贾平凹　著

出版统筹　刘东风
责任编辑　宋媛媛
责任校对　彭　燕
封面设计　周伟伟
出版发行　陕西师范大学出版总社
　　　　　（西安市长安南路199号　邮编710062）
网　　址　http://www.snupg.com
印　　刷　陕西龙山海天艺术印务有限公司
开　　本　787 mm×1092 mm　1/32
印　　张　7
插　　页　4
字　　数　105千
版　　次　2024年7月第1版
印　　次　2024年7月第1次印刷
书　　号　ISBN 978-7-5695-4500-5
定　　价　49.00元

读者购书、书店添货或发现印刷装订问题，请与本公司营销部联系、调换。
电话：（029）85307864　85303629　传真：（029）85303879

目录

小月前本

一

山窝子里，天黑得早。从一块一块碎石板铺成的街面上，眯眼儿一看，高高低低的瓦槽，短墙头，以及街外纵横交错的土路，田地，河岸漠漠的沙滩，一丝一缕袅袅升腾的白气，渐渐地软下去，看不见了。但是，风没有起，暑热不能杀去，傍晚又出现了异常的沉闷。三只的、五只的狗，依旧懒懒地卧在街后坡根人家的照壁下，踢也踢不走，舌头吐着，不能恢复那种交配时期为争夺情爱而殊死厮咬的野蛮。

河湾的大崖，黑得越发庄重。当夕阳斜斜地一道展开在河面上，波光水影就反映在了崖壁，万般明灭，是一个恍惚迷离又变幻莫测的神奇妙景；现在，什么也没有。成千上万只居住在崖洞里的鸽子，不能为着那奇异的光影而继续激动，便焦躁不安地在河面上搅动起一片白点；白点慢慢变灰，变黑，再就什么也不复辨认，只存在着咕咕、唧唧的烦嚣。夜的主体站在了天地之间，一切都沦陷入沉沉的黑暗中去了。

河对岸的荆紫关里，一头草驴在一声声地叫。

这时候，街道上急急地奔过一条黑影，脚步抬得很高，起落如在了瓮里：人已经前去了，响声才咚地从碎石板上弹起。在街心的一棵弯柳下，他站住往一家屋里望；这家六扇开面的板门还没有关，黑隆隆的，只看见那对着门口的灶膛里，火炭红通通的。

"喂——老秦哥！喂！——"

"谁呀？"

"我。"

"和尚！"屋里应声了，"牛又不行了吗？把他的，不知牛跟了你霉气，还是你有了牛倒霉！进来吧，大热天的，这儿有茶。"

王和尚摸摸索索从门面中间往里走，撞翻了一个脸盆，嘟嘟响了一个圆圈儿。走到后院，月亮刚刚出来，老秦一家人正坐着乘凉品茶，老少好个受活。老秦的胖婆娘拿过一把小竹椅子，噗地将一盆冷水在上边泼了，挪到王和尚的身下。王和尚只是靠在后厦房的墙上喘粗气。

"你没有磨些豆浆给喝吗？"

"喝了，喝了两洗脸盆子，半罐子白糖也都贴赔在里边了！"

"皮硝呢？"

"耽搁了。我后晌磨豆浆，让小月到荆紫关去买，天黑回来，她竟忘了去。天杀的死妮子，事情全坏在她手里了！"

"这就怪不得我了！我就说嘛，怎么我老秦连一头牛都治不好了？"

王和尚的头上，汗又忽地冒了一层。他蹴下来，用衣襟擦着脸，声调里充满了哀求，说：

"老秦哥，我一心儿信得过你！上次买你的老鼠药，虽然把家里三只鸡毒死了，但那确实是真药，不比得荆紫关上那些充假的。你再去给我家那头牛看看吧，半后晌它就卧倒了，口里只是吐白沫，鼻子里出气像要喷火。我担心今个夜里不好过去啊！"

他说着，哭腔就拉了下来。

"这得要喝白公鸡的血了！"

"黄公鸡行吗？"

"不行。才才家不是有吗？前天我想买了吃，那寡妇倒不肯舍得，那公鸡特大哩！"

"哦。"

王和尚让老秦先向他家里走，自个儿便转身从前堂门面房里跑出去。老秦的胖婆娘叫喊着别再撞翻了盆子，王和尚应着"没事"，脚步早到了石板街道上。

说是街道，其实并不算是街，没有一家商店，也从未举行过什么集会。拢共四十户人家，房子对列两排而已。这是秦岭山脉最东南的一个山窝子，陕西、湖北、河南，三省在这里相交。这条街上，也就是老秦家门口的弯柳下，那一块无规无则的黑石头，就是界碑：街的南排是湖北人；街的北排，从老秦家朝上的是陕西人，朝下的是河南人。王和尚的家正好对着街的直线，他是陕西人，三间上屋盖在陕西地面，但院子却在湖北的版图上。才才家是湖北人，住在街的南排东头。王和尚赶去的时候，才才没有在，才才的娘，一个五十多岁的寡妇，正在喂猪。这寡妇把猪看得十分珍贵，每顿喂食，总要蹲在猪槽边，撒一把料，拌一下食，有说有念地看着猪吃饱。见王和尚来了，忙起身要进屋去盛晚饭，王和尚说了原委，寡妇就吓得叫了一声，当下从鸡窝捉了那只白公鸡，嚷着也要去看牛的病情。王和尚说天黑路不平的，劝说住了，就一口气顺着石板街道往家里跑。

老秦已经先到了。在这条街上，这是个三省中最能行的人物，懂得些医道，能治人，也能医牛、猪、羊、鸡、狗，会劁，也会阉，再配上一张会说的嘴，开着小生意货摊，日子过得滋润，人也保养得体面。牛棚里的气味很重，热腾腾的酸臭，他就受不了，蹲在院子里，吸一口，吐三股地抽烟。

王和尚回来，先找了一把蒲扇给了老秦，就进棚点着了窗台上一盏老式菜油碗灯。有了昏昏的光线，看得见一堆骨架似的老牛卧在牛槽下，旁边是没有喝完的豆浆，水淋淋地撒了一地白点。牛头无力地搭在一堆草上，眼睛闭了，呼吸急促，肚子胀得像一面鼓。可恶的蚊子成团飞来，手一扬，嗡地飞了，手落下，又嗡地飞来。

　　"把牛拉起来！"

　　老秦抽完一支烟，将鸡提在了手里，开始拔着鸡脖子上的毛。鸡颤声叫着，几次从手里要挣脱开，老秦骂了声娘，将鸡脖子拧在了翅膀下，毛拔得净光，却又不时抖抖裤子，叫着王和尚的名字，骂牛棚里的吃蚤养得这么多。

　　王和尚满脸的汗水，成团的蚊子在头上叮叮咣咣打着锣，他苦笑笑，使劲地要将牛拉起来。但是，每一次牛刚刚立起了前腿，咕咚就又倒了下去。他伤心地摩摩牛的前胯，努力将牛鼻圈上的绳索拴在柱头，便猫身钻到牛屁股后，企图往上扛。一连三次，没有成功，自己反倒跌在地上，粘了一手的稀牛屎。

"算了，和尚！把牛身子扳端，不要窝住了肚子。这牛也真老得不中用了，你怎么就看上了这条劣货？"

"老秦哥，这便宜呢，队里是估了二百五十元给我的。"

"你撑了十几年的船，哪儿就能伺候了这高脚牲口！"

"地分到户了，哪里敢没个牛呢？"

"我就没有。"

"我哪能比了你？"

老秦嘿嘿地笑了一声，见牛已经扳端了身子，就去窗台上将油灯芯拨大了许多。牛棚里立时大放光亮。他便要王和尚好生抱住牛头，自个儿拉过凳子，扬手哐地一刀，那鸡头就掉了，咕噜噜滚在了王和尚的脚下。王和尚眼睛一闭。

"牛头抱紧！"

老秦吼了一声，鸡脖子塞进了牛的鼻孔，同时听见了牛在嗞嗞地急促地吸着鸡血。而溢流出来的血水喷了王和尚一手，又蚯蚓般地一个黑红道儿钻进了袖筒。他没有再敢动一下。

"这下好了。"老秦丢掉了鸡，开始在盆子里洗手。王和尚长长地嘘了一口气，抚摸着牛头看了一会儿，就进堂屋大声地开柜。

"和尚，你这肉头！又在忙啥子哟？"

"真累了你，老秦哥！我摸一瓶白干，咱炒几个菜喝几盅吧。"

"和尚，你又要让小月说我的不是了？！"

"她敢！"

"算了，邻家嗬，谁不给谁帮个忙？这么热的天能喝下去吗？"

王和尚提了酒站在牛棚门口，听了这话，有些为难了。老秦站起来要走，他拉住，拾起了那没头没血的公鸡，说：

"老秦哥，这怎么行呢？你不喝酒，将这鸡带去吃吧。留在我这里做吧，这也做不出什么好味道。"

老秦把鸡提在了手里，王和尚一直送到门外。老秦说：

"小月的事，你们说定了？"

"反正就是那回事了。"

"到时候可别忘了咱陕西的乡党哟！"

"那一定的，这条街上，三省的人我都在头上顶着哩。"

老秦摇摇晃晃顺着慢坡走下去，身影在弯弯的石板街道上慢慢缩小了。王和尚抬起头，月亮已经老高。今夜是阴历十二日，光辉不是十分亮堂，路面却很是清楚。他望了望，远远的荆紫关，关里的河南人的屋舍看不见，灯火却高低错落，明暗区别，在飘动，在炫耀，在孤寂中作光明的散布。关下的丹江河，灰蒙蒙一个长带状的水面上，无论如何看不清船只和人影。

"喂——小月！喂——小月！"

他锐声地叫喊起来。在这条街上，唯独陕西人，其实也仅仅是他一个人，有着独特的喊叫节奏：前声拖十二分的长度，而到内容的部分，却出奇地道得极快。也就是这喊叫声，无论白天、黑夜，可以传出六里七里的路程。每天三晌，王和尚都要站在自己家门前这么喊几阵，街面上的人就又都知道是小月不在家了。"这野妮子，有人没人，一到船上就想不起这个家了！"王和尚常要对街坊四邻这么诉说。

王和尚喊过三声，就走回牛棚去，看见牛气色果真比先头好了，就将窗台上的菜油碗灯压了压油芯，也开始感觉到了有无数的虼蚤从裤管里往上跑，便在指头上蘸了唾沫，往裤腰处轻轻按去：一个肉肉的东西，揉揉，黑暗里在两个指甲间一夹，发出哔的响声。

"爷佬保护，赶明日一早，我的牛就能大口大口地吃草了！"

他抱了一堆湿麦草放在牛棚的墙角，煨了烟熏赶起蚊子来。一时烟雾腾腾，蚊子没熏死，自己倒呛得鼻涕眼泪都下来了。然后又在堂屋里煨了烟火，吹熄了灯，一个人静静地蹲在院中的捶布石上抽起水烟来。

烟袋是竹根管做的，这是他向河南人学得的手艺。

生产队未分地以前，他们父女俩的自留地上是舍不得种植烟草的。地分到户后，粮食一料收成便有了积攒，也便谋着种一些烟草来抽。但他没有多大的瘾，仅仅种了十棵，也全招待了来家的客人，从此也就不想再种，觉得抽烟是一种奢侈。小月却不，偏从荆紫关给他买回来了一大捆水烟板子，说：苦了一辈子了，难道连烟都不享受？他心里虽不大悦意女儿的观点，孝心却领了，就将这水烟板子放在水瓮下浸潮，装在小月的一个空雪花膏白瓷盒里，心情好的时候，捏出黄豆那么大的一丸来，按在竹根管的烟眼里，吸一口，吹一口，心里想：这真是"一口香"。

一受活起来，他就想起十几年前死的小月娘，那个白惨惨的瘦脸儿，总在眼前晃。他唉唉着，怨她没福，死得太早了。

这么思想着，便又操心起小月来：疯妮子，这么晚了，难道河边还有要摆渡的人吗？忍不住又站在门口，粗声瓮气地喊叫起来了：

"喂——小月！喂——小月！"

二

爹叫第一声的时候，小月就听见了，她没有回答。现在爹又拉长了喊声叫她，她更加感到心烦，偏将小船推出了岸，汩汩地向丹江河心划去了。

丹江河从深深的秦岭里下来，本来是由西向东流的；秦岭在他们村后结束了它的几千里的延伸，最后地骤然一收，便造就了河边大崖的奔趋的力的凝固。而荆紫关后五里远的地方，伏牛山又开始了它的崛起。两支山脉的相对起落，使丹江河艰难地掉头向南，呈直角形地窝出了他们这块清静、美丽而边远、荒瘠的地方。从这边杂居的小街，到河对面清一色河南人居住的荆紫关，来往联系是山湾后的一道窄窄的铁索吊桥。但是，这里的渡口上，却是有着一只船的：狭狭的，两角微微上翘，没有桅杆，也没有舱房；一件蓑衣，两支竹篙。小月的爹在这只船上，摆渡了十年。那时节小月在荆紫关学校里读书，一天三晌坐爹的船往来。这山窝子的每一个人都认识王和尚，也都认识王小月。这渡口的每一处水潭，每一块水底的石头，她爹熟识，她也没有不熟识的。分地时，家里分了三亩地，这条小船也估了价包给了他们，从学校毕了业的小月，就从此顶替了爹的角色。

今日，荆紫关逢集，渡船从早晨到傍晚便没有停歇；夕阳一尽，河面上才空空荡荡起来。小月将船停在岩边，拿了一本小说来读。书老是读不进去；书里描写的都是外边的五颜六色的世界，她看上一页，心里就空落得厉害，拿眼儿呆呆看着大崖上的那一片水光反映的奇景出神。那迷离的万千变幻的图案，她每天看着，每次都能体会出新的内容，想象那是一群人物，不同相貌、年龄和服装的男人，也杂着女人、小孩、狗、马、田野、山丘，高高低低像书中描绘的都市的建筑，或者又是天使、飞鸟和浮云之类。她对着这一切，得到精神上最大的满足和安慰：外边的世界能有我们的山窝美吗？夜幕扯下来，图案消失了，她就静静地听着黑暗中鸽子咕咕、唧唧的叫声，或者是河上偶尔鱼跃出水面的啪啪响声，她又要作出许多非非的思想。

水面的柔和，月夜的幽静，很合于一个女孩子的心境，尤其是到了小月这样的年纪。

她有时也要想起她的娘，也要想起中学的生活，也要想起这条丹江河是从秦岭的哪一条山沟里起源的，又要到什么地方去汇入长江，再到大海。河水真幸福，跑那么远的路程，这山窝子以外的世界它是全可以知道了。

在她想着这么多的时候，一听见爹的叫喊，她就要发火，有时偏就要和爹作对；她越来越不愿回到那个矮矮的三间房的家里去。爹逼着她学针线，烧火做饭，侍弄小猫小狗，她就老坐不住，闻不得那屋里散发的一种浓浓的浆水菜的气味。她甚至不明白自从分了地以后，爹简直和从前成了两个人：整天唠叨着他的三亩地，还有那头老牛。

船是靠两岸拉紧的一条铁索控制着的，小月只轻轻将竹篙在河底的细沙里一点，船上系铁索的滑子就嗦哕哕直响，眨眼到了河心。

　　河心似乎比岸头上要亮，水在波动着，抖着柔和的光。月亮和星星都落在水底，水的流速使它们差不多拉成了椭圆形。小月放下了竹篙，往两边岸上看看，没有一个人影；月光和水汽织成的亮色，使身前身后五尺的方圆异常清楚，再远就什么也看不清了。她脱下了衣服，脱得赤条条的，像一尾银条子鱼儿，一侧身，就滑腻腻地溜下了水里。

　　小月今年十八岁。十八年里，她还没有这么精光地赤着身子，她一次又一次瞧着岸上，觉得害羞，又觉得新鲜。大胆地看着自己的身段，似乎第一次发现自己的身子好多部位已经不比先前了。每每摆渡的时候，那些浪小子总是滴溜溜地拿眼睛盯她，在付船钱时，又都故意将手挨住她的手，船稍有颠簸，又会趁机靠在她的身上。她咒骂过这些轻浮鬼，心里一阵阵地惊慌；而那些年长的人又总看着她说："小月长成大人了！"长成大人，就是这身体的曲线变化了吗？

她使劲地跃出水面，又鱼跃式地向深处一头扑去，做一个久久的猛儿。水的波浪冲击着她的隆起的乳房，立时使她有了周身麻酥酥的快感。她极想唱出些什么歌子，就一次又一次这么鱼跃着，末了，索性仰身平浮在水面，让凉爽爽的流水滑过她的前心和后背，将一股舒服的奇痒传达到她肢体的每一个部位。十分钟，二十分钟，一个真正成熟的少女心身如一堆浪沫酥软软地在水面上任自漂浮。

正在陶醉的境界中，她突然听见了一种低低的男人的呼吸声。一个惊悸，身子沉下水，长发漂浮成一个蒲团样，露出一双聚映着月光的眼睛，隐隐约约看见不远处有一个柴排。

"谁？！"

柴排在起伏着，没有一点声息，也没有一个人影。

"哪个坏小子！再不露面，我就要骂了。你这是偷看你娘吗？"

　　泼喇喇一声水响，柴排下钻出一个脑袋来，立即又跳上了柴排，朝这边直叫：

　　"小月姐，是我，门门！"

　　"你这个不要脸的碎仔儿！"

　　门门是老秦家隔壁的小子，在校时比小月低一个年级，年龄也比小月小五个月。他常常爱和小月嬉闹，小月却压根儿不把他当个大人，张口闭口骂他是"碎仔儿"。

　　"小月姐，我什么也没有看见呢！真的，我要是看见了什么，让我这一双眼睛叫老鸦啄了去！"

　　门门反复向她求饶，而柴排却不知不觉向这边靠拢了过来。

　　"你不要过来！你敢再过来吗？！"

　　柴排竭力在那里停了一下，月光下，小月看见门门只穿了条短裤，努力撑着竹篙，向左边漂去。

　　"门门，你是好的，你趴下，不许看，我要穿衣服啦！"

门门全听她的，果然趴到了柴排上。小月极快地翻上小船，她后悔怎么就脱得这么光呢。三下两下将衣服穿好，脸上还辣辣地烧。门门还趴在柴排上，她瞧着他的老实相，正要扑哧地笑出声来，却见门门趴在那里，眼睛是一直向这边睁着的，月光落在上边，亮得像两颗星星。她立即脸又辣辣地烧，骂了一声："门门，瞎了你的眼了！"将船一撑，当真生起门门的气了。

　　门门讨了没趣，兀自将柴排竭力地向岸边靠拢，但突然失声叫起来：一根扎排葛条断了，排要散伙了。小月回头看时，柴排果真在河心打着漩涡转儿，便将船又撑过来。离柴排一丈多远时，门门忽地从柴排上跃起，跳上了船来，嘻嘻笑着。

　　小月咣地一篙将他打落到水里了。

　　"叫你装！叫你装！"

　　门门在水里叫唤着，一时没有浮上来，咕儿咕儿喝了几口水，小月啊地叫了一声，愤怒全然化作了惊慌，忙将竹篙伸过去，把门门拉上了船。

"又在装吗？"

"胳膊上都流血了。"

"这就好，流了血就能记着教训了！"

门门却又嘻嘻地笑：

"小月姐，你再把我打下去！"

"你当我不敢吗？"

"敢，打下去了，你再拉我，我就知道你对我好了！"

门门是个小赖子，小月知道斗他不过。

柴排拉上沙滩，门门却并不走，有一句没一句地和小月说起话儿。

"小月姐，这么晚了，没有人过河，你怎么还不回去？"

"我想想事儿。"

"什么事儿，一个人悄悄地想？"

"碎仔儿！"

"我只比你小五个月哩，小月姐！是碎仔儿，能到丹江河上游去撑柴排吗？你撑过吗？"

月光下，小月静静地看着门门。这条丹江河上，她只在这渡口摆摆船儿，听爹说，这渡口是整条河最风平浪静的地方，而从这里一直逆河往上到竹林关，一千八百里水路，竟有二百五十个险滩，没有一定的本事，是不敢轻易下水的。门门毕业后，大部分时间都闯荡在这条河上，村里人相传他跑遍了沿江好多地方，做了好多生意，赚了好多钱票。今日夜里，这柴排足足五千余斤吧，又是他一人撑着……小月觉得他是小瞧不得的了。

门门一次又一次地向她拍着腔子，显示着他拳头的击打力量和胸腔的受打的能耐。那两条胳膊一努力用劲，鼓凸凸的肌肉疙瘩便上下滚动。肩部宽宽的，厚厚的，腰身却很细，组成上身部分的倒三角形。站在她的面前，粗声粗气地一呼一吸，散发着男人的浓浓的气息。小月霎时也想起刚才水中自己下身部分的那个三角形体形，知道这个门门，也真正是成熟了。

"哼！那有什么了不起！"小月嘴偏是硬的，"钻了深山野沟有了什么出息？"

"那沿河上去，有三个大县城的，你知道吗？"

“有荆紫关大吗？”

“荆紫关是小拇指头，人家就是大拇指头了！”

“那城里都住的什么人？”

“女孩子们可多了，穿得五颜六色，花枝招展，三五成群，嬉嬉闹闹，骑着自行车到动物园去了……”

“动物园就是有咱们山上的狼虫虎豹吗？”

“你知道这狼虫虎豹驯化了又是什么样儿？女孩子们就一对一对挽了手地走……”

“一对一对？”

“她们的男朋友来了啊！一边看着，一边走，走到假山石后边抱住亲嘴儿了。”

“胡说！”

“怎么是胡说？他们讲，人一到动物园里，人的动物性就也表现得强烈了。”

小月听说有好多好多的女孩子们住在城里，自己心里就酸酸的：一样是人，人家多好，自己怎么就全没见过，不知道呢！但当要打问这些女孩子是什么样儿，门门却说起了动物园的事，她就面皮薄起来，骂门门不正经，眼光尽盯着些什么呀！

"不说了，小月姐。你不愿意去那里看看吗？我会把你从水上撑回来的。"

"我敢到城里去吗？咱深山窝子的人瓷脚笨手的招人家笑话。"

"其实，你才好看哩！"

小月的眼睛就亮起光来。门门什么也看不见了，只看见两颗星星在照射着他。他陷入了迷惑，浑身燃烧了一种热量，不知不觉地身子向这边挪动了。

小月还在直盯着他，没有动，也没有言语，眼光却更亮起来。但已不是先前那种温柔、动人，而是一种美丽之中包含了神圣和威严，使爱欲冲动而跃跃欲试的门门又胆怯了。

光明是黑暗的驱逐者，阴影则是光明的压制。门门安静下来，伏着船沿，望着河水，慌乱地说了一句：

"这水真深呢！"

这时候，荆紫关那边的沙滩上，一片狗咬。接着有人在大声喊船。小月要门门快下去，门门没有动，小月一下子将他推到水里，船就划走了。到了河心，门门却水鬼似的从船尾又翻上来，小月要大喊，又不能使岸上人听到，就只好让门门缩身藏在船舱角里，便将那件蓑衣严严地盖了，低声骂道：

"听着，要敢出声乱动，我就会一篙敲碎了你的脑袋！"

上船的人也是小街上的人，扛了好大的一包化肥，叫骂着说是一对游狗在沙滩上连结，挡了他的路，又险些被它们咬了。不知怎么，小月心里骂起混蛋门门了。

"这化肥是在荆紫关买的？"她问那人。

"可不，挖破手背的紧张货！你爹没买一袋吗？"

"我爹每天早晨拾粪哩。"

"你爹种庄稼扎实！麦子能收五担吗？"

小月不愿意谈论这些事，说句："我不清楚，你问我爹去。"就低头用力撑了一下竹篙。

船到了岸，那人付了钱匆匆扛着化肥走了。河对岸的沙滩上，游狗还在发泄着爱情的嘶叫。门门钻了出来，水淋淋的，又要给小月讲起他的所见所闻，小月骂道：

　　"快滚蛋吧，你这么死皮赖脸的，让我爹知道，要了你这条小命哩！"

三

小月走回来，爹还没有睡，蹲在捶布石上吸"一口香"。小月只叫了一声"爹"，就进了她的小房子里去。

这小房是一个月前小月缠着爹收拾起来的。山窝子里的人家，当屋窗子下，都是有着一个大炕的，七大八小的孩子，凡是没有结婚，就一直保留着这块乐土的炕籍，和父母打铺儿来睡。小月长到十四岁上，来了月经，从此害羞上了身，就不愿意和爹睡在一起。但山窝子里自古以来没有书上写的父母和子女从小分床睡觉的习惯，她就恨着爹身上的一股汗臭味和烟酒的呛味，尤其爹的一双脚伸过来顶住了她的枕头，她就要用被子或者衣服捂得严严实实。她不停地要求把西边的杂物间空出来，她单独去住，爹终于同意了。她把房子精心收拾了，视作是一个养自己女儿心的窝巢：一回来，就进去关了门；一出门，就顺手搭了锁。谁也不能进去，谁也不能得知女儿家的秘密。

爹在院子里叫她了。

"小月，锅里的盆子温有剩饭哩！"

"我不饿。"小月说。

"你出来，我有话给你说哩。"

"说什么话嘛，睡吧。"

小月解开了头发上的卡子，当地丢在桌子上，就坐在了床沿上了。她没有睡去，也没有再动，预备着爹只要一动气，她就一下子钻进被窝去。

爹在院子却没有再说什么，很响地吸着烟袋。过了好大一会儿，拖着浓重的鼻音说：

"你睡吧。你一出门嘻嘻哈哈的，一到家就没一句话要说，我知道你烦你爹哩。擦黑我把堂屋的蚊子熏了，你老是锁了小房门，蚊子也熏不成。你要睡，就把蚊子熏熏，熏蚊草在墙角放着，你自个儿点吧。"

小月突然心软起来，觉得对不起年老的爹了。隔窗望去，月光下院子空空的，爹一个人蹲在那里，样子很是可怜。她没理由和爹赌气了，从小房走出来，坐在台阶上，又将口袋的一盒清凉油递过去。

"爹，我有清凉油呢，蚊子咬不着。你也擦擦，离眼皮远点，就不会酸得流泪了。"

爹擦了一些在额上，揉揉，问道：

"你一直在船上？"

"嗯。"

"天这么晚了，你不收船，让爹不操心吗？"

"没事的，爹，他谁敢……"

她说过半句，就不说了，想起了刚才河里门门的事，耳根下不禁又热了。

"渡船的人杂，什么人都有，你这么大了，总有不方便的。咱真不该就包买了这船，三亩地要种好，也就够咱们父女忙活的了。"

小月最害怕的是爹说这话，爹已经是第三次这么说了。分地的时候，爹一定要那头老牛，小月一定要这条小船，父女俩别扭了好多天，最后谁也没有说服谁，牛和船都包买了。但做爹的心里，一直是疙疙瘩瘩的，尤其每天见小月穿得漂漂亮亮去渡口，他额头上就拧个疙瘩。

"家里什么都可以不要，这船不能没有。"小月低低地应着爹，语气很坚决。

"我怕才才家对咱有了看法。"

"他管得了咱家的事吗？现在地分了，队长都不起作用了，我上天入地，碍他家的什么事了？！"

"甭胡说！"爹生了气，"什么人都可以忘，才才和他娘的好处咱可不敢昧了良心。牛病成这样，你心上放也不放，多亏了人家帮我料治，今黑老秦又来给牛看了，糟蹋了才才家一只大白公鸡呢。"

"你又让老秦瞎整治！"

爹正要骂，院门响了一下，他赶忙咽了一口唾沫，问："谁呀？"门外很沉重地响动了一下，接着应声："大伯，是我。"才才就推了门进来。

才才憨憨地站在门下，盘绕在门楼上的一树才发蔓的葡萄，今年没结果实，枝叶将月光筛得花花点点。小月先看见他一身的光点叶影，还以为穿了件什么衣服，后来才看出是光着膀子，那衫子竟两个袖儿系在腰里，屁股后像是拖了个裙子。才才看了她一眼，眼皮就低了，慌乱在葡萄叶影里将衣服穿上。

"小月，给你才才哥倒水去。"

她没有动。

才才却又反身出去，一阵响动，拖回来了好大一捆青草。

"大伯，牛今日好些了吗？我割了些草，夜里要多喂几次哩。"

王和尚很是感激，走过去帮才才把草放在牛棚门口，一边叫着小月："怎么不去倒水？"一边领才才进棚看了看牛的气色。出来说：

"你在地里忙活了？"

"我锄苞谷了，大伯。我到所有的地里全跑着看了，今年苞谷长得最好的，要数咱两家了。我又施了一次尿素，还剩半袋子，明日我给你拿来吧。"

王和尚说：

"你们年轻人种地，总是尿素尿素，我才不稀罕花钱去买它哩。这天好久不下雨了，若再红上十天半月，苞谷就要受亏，我想把牛棚粪出了，给苞谷壅了土，这倒能保墒呢。"

"那我明日一早来出粪吧。"

小月将洗脸水端了来，又进屋拿了自己的香皂、毛巾，就站在一边看着才才——才才光着身子，披一件白粗布衫子，衫子的后背全汗湿了，发着热腾腾的酸臭味。胳膊上、脸上，被苞谷叶拉得一道一道红印痕——就心疼起来，说：

"这么热的天，真都不要命了！那几亩地，粮食只要够吃就得了，一天到黑泡在地里，就是多收那百儿八十，集市上苞谷那么便宜，能发了什么财呀？"

王和尚正站在葡萄架下摘了几片叶子，用手拍拍，要才才夹在裤腰下生凉；听了小月的话，白了一眼，说：

"这是你说的话？农民就是土命，不说务庄稼的话，去当二流子？才才好就好在这一点上，难道你要他去和门门一样吗？"

"门门怎么啦？"

"瞧瞧他种的庄稼！和咱家的地连畔儿，苞谷矮了一头，一疙瘩粪也不上，他哄地，地哄他，尽要长甜秆了！"

小月没有到地里去过，也不知道门门家的庄稼长得到底怎么样。但她却看见门门穿得怪体面的，每一次荆紫关逢集都是吃喝得油舌光嘴的，他家是最早买有收音机的，前几天似乎还看见手腕子上一闪一闪的，怕又戴上手表了呢。

"可是，"小月说，"全村里就算门门日子红火哩。"

才才说：

"河南人爱捣鼓。"

小月便说：

"人常说：天有九头鸟，地有湖北佬。你是湖北人，你就整天死守在家里？才才哥，你说说，这牛喂得着吗？病得这个样子，不如早早出手卖了，倒落得省心。"

才才说：

"我也是这么个想法，给大伯说过几次，他不依嘛。"

王和尚说：

"当农民的没个牛，还算什么农民？"

才才说：

"大伯，就那么些地，把牛喂一年，就用那么几天，犁的地又不深不细，还不如用镢头深挖哩！"

王和尚说：

"你们年轻人做庄稼，心都太浮。牛耕地就说是不深吧，它可以推磨拉碾，可以踏粪；没有粪种甜地不成？往后谁也不许弹嫌我这牛！"

"爹总是死脑筋！"

小月嘟哝了一句，就拿眼光暗示才才。才才却再没有言语。她便生了气，坐到远处的木墩子上，给了爹和才才个后背。

院子里一时静悄悄的。院门水道下跳出几只蛐蛐，喔喔地发着清音。小月烦起来，又是一身的汗水。

王和尚默默抽了一阵烟，将竹根管烟袋又递给了才才，自个儿百无聊赖地站在月下，接着，到牛棚里又去看病牛了。

小月就对才才说：

"你那嘴呢？到你说话的时候，你话就那么金贵？！"

"他毕竟是老人嗨。"

王和尚在牛棚叫着才才，要他帮忙给牛铡些草。才才看看小月，哧啦赔个笑脸，还是起身去了。

小月拧身就进了她的小房里，砰地关门睡下了。

四

第二天，小月一觉醒来，天亮得白光光的。

她睡着以后，心里的烦闷就随同思绪一块消失了去，但一重新醒来，烦闷又恢复起来了。她没有立即起床，依旧懒懒地睡着。一半年来，每每这么一大清早翻身起来，这种烦闷就袭上了心，竟会一直影响到她一整天的情绪，她也常常以这个时候的心绪来判断这一天的精神状况。现在，她倒盼着得到爹的一顿斥骂。

屋里、院子里却没有爹的咳嗽声。牛棚那里一声接一声地传来有节奏的吭哧声。她坐起来，用舌头舔破了窗格上的麻纸，才才在那里出牛粪了。病牛已经能站起身，拴在墙角的梧桐树下，用尾巴无力地扇赶着苍蝇、蚊子的一次又一次勇敢而可恶的进攻。才才高挽着裤腿，站在粪

036

泥里，狠劲地挖出一块，用力一甩，随着一声吭哧，抛出牛棚的栅栏门外，空地上就甩起了偌大一个堆来。黑色的小蚊子立即在上边笼罩了一层。

"唉——"

小月叹息了一声，慢慢地又睡下了。对于才才的勤劳辛苦，她是欣赏还是可怜，是同情还是怨恨，这一声"唉"里，连她也说不透所包含的复杂而丰富的内容。

十年前，娘下了世，苦得爹拉扯她过日子。那光景真够恓惶。爹每天到船上去，她就被架在脖子上。要摆渡了，爹就用绳子系着她的腰拴在船舱里。冬天里河上风大，舱里放个火盆，爹解开羊皮袄将她抱进去搂着，教给她什么是冰，说鱼儿怎么不怕冻，在冰下游泳哩；问她冷不，她给爹说不冷，不冷二字却冷得她说成"不冷冷冷冷"。夏天的傍晚，没人摆渡了，夕阳照在沙滩上，爹又教她在水边用沙做城堡。城堡修得漂亮极了，水一冲却就垮了，她伤心得呜呜地哭。

"我要城堡！我要城堡！"

"城堡坐着水走了。"爹说。

"走了就不回来了吗？"

"走了就不回来了。"

"娘也是坐着这水走了的吗？"

爹就抱着她，紧紧地抱着，呆呆看着河水一个漩涡套着一个漩涡向下流去，河岸边的柳树就漂浮出一团一团发红的根须毛，几支断了茎的芦苇在流水里抖得飕冷冷地颤响。

"是的，小月，娘是坐着这水走了。"

爹说完，就赶忙抱了她，到岸头的沙石滩里捡那些沙鸡子蛋，拿回家在铁勺里和南瓜花一块炒了喂她。

自那以后，爹就不带她到船上去，寄放在才才娘那儿。

才才娘是个寡妇。丈夫去世过了四年，她和才才还穿着白鞋守孝。爹一到河里摆渡，就把她送去，从河里回来了，就把她接到家。才才娘疼爱着小月，爹也疼爱着才才，每每回家来在口袋里装着几个豌豆角儿，每人都平均分着几颗。小月常常就看见爹和才才娘坐在院子里的椿树下说话儿，抹着眼泪。她吓得不知道怎么啦，给爹擦了眼泪，也给才才娘擦了眼泪。这么一直待过了两年，爹就不再送她到才才家去。她问爹原因，爹不说话，只是唉声叹气。她开始上学了，在学校里，听到同学们讲：爹和才才的娘怎么好，要准备结婚了。她回家又问爹，爹让她什么也不要听，兀自却到娘的坟上哭了一场。但逢年过节，两家依然走动。冬冬夏夏的衣服，全是才才娘来做；麦收二料，也都是爹帮才才家耕种收获。

才才那时长得瘦猫儿似的，病闹个不停，人都说"怕要绳从细处断"。才才娘日夜提心吊胆，总是给他穿花衣服，留辫子头，想叫他"男占女位"，祛灾消祸。小月总是要羞他，叫他"假女子"。两人曾打起架来，她竟将他打得蛮哭。

"小月，你怎么打才才哥？"爹训她。

"他假女子，羞，羞！"

"他将来要做你的女婿呢！小月，你要不要？"

"女婿？女婿是什么？"

"就是结婚呀。"

"他要还留辫子，我就不要！"

惹得爹和才才娘都笑得岔了气。

这是她七岁那年的事。

后来，她和才才都长大了，听到村人议论，原来当年爹和才才娘想两家合为一家，但才才的舅家不同意，事情便吹了。大人的事不能成美，他们就都希望将来能成儿女亲家。这事村里人知道了，常当着小月和才才的面取乐，使他们再不敢在一处待，而且又都慢慢生分开来。但是，直到他们都长成这么大了，两家老人还没有正正经经提说过这一场婚事。

这两三年里，爹明显地衰老了，早晚总是咳嗽，身骨儿一日不济一日。才才就包办了他们家一切的力气活。小月看得出他的心思：他是完全将自己放在一个女婿的位置上。爹也常常找机会让他们在一起多待，说些话儿。但是，一等到只有他们两个人了，才才就不敢看她，出一头的汗。

"他太老实。"小月躺在床上，想起小时候的样子，才才虽然现在长得比小时有劲多了，也不穿花衣服留辫子了，但那秉性却是一点也不曾变呢。

院门口开始有了脚步声，接着那梧桐树上的窠里，喜鹊在喳喳地乱叫，有人在叫："小月姐！"叫得软软的，甜甜的。小月立即知道是门门来了。

门门先前常到她家来，爹讨厌他只是勾引着她出去浪玩，骂过几次。以后要来，就先用石头打惊那树上的喜鹊，等小月出来看的时候，他就趴在门外墙角摇手跺脚、挤眉弄眼。现在，虽长成大人了，他还玩这种把戏儿。这么早来干什么呢？她正要应声，就听见那咚咚的脚步声一直响到窗子底下，她忙拉了被子盖住了自己的身子。

"是门门吗？小月还没起来。找她有事？"

才才在牛棚里发问。

"噢，才才！你倒吓了我一跳，你在出粪呀？那可是气力活哩！"

"这点活能把人累死？！"

"行，才才。你怎么头明搭早就来帮工了？"

"邻家嘛。"

"当真是要争取当女婿了？"

"你说些什么呀！"

小月坐起来，她把窗纸戳了一个大窟窿，看着这两个年轻人站在院子里说话。两个人个头差不多一般高，却是多么不同呀！门门收拾得干干净净，嘴里叼着香烟；才才却一身粪泥，那件白衫子因汗和土的浸蚀，已变得灰不溜秋，皱皱巴巴，有些像抹布了。人怕相比：才才无论如何是没有门门体面的。

小月心里多少泛了些酸酸的滋味。

"才才就是我将来的女婿吗？"她默默地坐在被窝里，呆眼儿盯着床边的一只孤零的枕头，竭力寻找着才才的好处。"他毕竟一身好气力，又老实本分，日后真要做了他的媳妇，能待我好吧！"

她再一次看着窗外，那屋檐下蜘蛛结成了老大的一张网，上边的露珠，使每一截网丝上像镀了水银，阳光就在那网眼里跳跃。

两个小伙子还站在院子里说话：

"今早就出了这么多粪吗？"

"饭后就能出完了。"

"你真下得苦！地一分，他们家就缺一个出力气的人，你有了表现的机会了！出一圈粪，就等于挣回媳妇的一个小拇指头，千百儿八十次，媳妇就全该你的了！才才，你记性好，你没想想，媳妇挣得有多少了？"

才才却满脸通红，讷讷地说不出来。

小月一下子动了怒，隔窗子骂道：

"门门，你别放屁，你作践那老实人干甚？！谁家不给谁家帮个忙吗？"

门门吐了一下舌头，对着窗子说：

"他老实？出粪不偷吃罢了！谁家不给谁家帮忙？小月姐真会说话，可这才才为什么就不给别家出粪，而旁人又怎不来这儿出这么大力气呢？"

小月一时倒没了词。

门门在院里嘻嘻哈哈笑，直拿才才奚落。

"门门，你是成心来欺负人的吗？"

"小月姐，我哪里敢哩？我是来问你几时到河里开船的，我想到荆紫关去。"

"不开船！"小月愤愤地说。

"小月姐，真生气了？我在家等着，你到河里去的时候，顺路叫我一声啊！"

门门在院子里作出一个笑脸，从门里走出去了，哼了一声什么戏文。

小月穿好衣服出来，才才又弯了腰挖起粪，头抬也不抬。看着他那老实巴交的样子，小月反倒越看越气：

"才才，你刚才是哑巴了吗？你就能让门门那么作践吗？"

"由他说去。"

"由他说去？你能受了，我却受不了！"

才才又低头去挖粪，小月一把夺过镢头，咣地甩在院子里，锐声叫道：

"你只知道干，干，谁让你干了？！"

才才站在那里，不知道该怎么办。末了，看着小月的脸色，又是讷讷地说不出一个字来。小月说句："没出息！"转身进屋洗脸去了，扑啦，扑啦，一个脸洗完了，一盆水也溅完了。

王和尚进了院。他是一搭早去拾粪了的。经过自家三亩地的时候，间出了一大捆苞谷苗，一进院门，哗地丢在地上，对着才才说：

"种的时候，我说太稠太稠，你总是不听，现在长得像森林一样，一进地，纹风不透，那是在壅葱吗？天这么红，再要一旱，我看就只有等着喂牛了。"

才才说：

"大伯，就要种稠些，这品种是我特意换的。"

"我知道，'白马牙'就是新品种，那种得多稀。"

"这种子和'白马牙'不一样哩，它不是靠单株增产，而是靠密植。"

小月在屋里气又上来了，说：

"才才种得不好，你当时干啥去了？这家是你的家，还是人家的家？你什么都让人家干，不怕旁人指责你吗？"

王和尚一时倒愣了，反问道：

"旁人说什么了？才才是外人吗？"

"不是外人，是什么人？！"

小月恨不得好好出出爹的气：这就是你认为的女婿吗？就这么使唤女婿吗？她恨起糊涂的爹，也恨起太老实的才才。爹以他的秉性要求着这个未来的女婿，才才又是学着爹的做事为人，难道将来的才才也就是爹现在这个样子吗？

王和尚又弯腰咳嗽起来了，一声又一声地干咳着，身子缩成一个球形，嘴脸乌青得难看。小月没有再说下去，拉开院门走了。

王和尚终于咯出一口痰来，吐在地上，问道：

"你到哪里去？"

"我到船上去！"

王和尚疑惑地看着才才：

"你们吵嘴了？"

"没有。"

"那她怎么啦？"

"不知道。"

"这死妮子！脾性儿这么坏，全是我平日惯的了。"

他说着，又咳嗽得直不起腰来。

五

　　天果然旱了，正当苞谷抽节出梢的时刻，一连一个月，天没有落下一滴雨来。分地以来，几料庄稼收过，大获丰收，山窝子里的人几乎天天像过年似的高兴，大小红白喜事都是大操大办，得意忘形。王和尚心下就想：人世上之事合久必分，分久必合，苦尽甜来，乐极生悲，更何况天有不测之风云？苞谷下种的时候，地墒很好，他就担心着苞谷冒花时的雨水，常看着如森林一般密的苞谷，心里捏着一把汗，果真怕啥有啥！几天来，他天不明就起床，站在院子里看天：天依然四脚高悬。每每下午，天上积了一层黑云，就一眼一眼盯着，却偏偏就刮起了热风，黑云便全散了。他坐在地里，眼看着苞谷叶子耷拉下来，枯卷了，就难受得要落泪。以前一到地边，看到自家的苞谷比四边旁人的苞谷高出一头，心里就暗暗得意，觉得脸有盆子大的光彩。现在一旱，自己的苞谷最先失了形，嘴唇上就起了火泡，天天在家发脾气，骂天，骂地，又骂才才耕种时，不听他的话，植得这么稠密。

才才也急得上了火，害火红眼儿，烂得桃儿一般。一天三晌到小月家来，和王和尚捉对儿唉声叹气，埋怨分地后一些缺德人破坏了水渠，又搬了渡槽的石梁盖房子，使渡槽在去年冬天就垮了。现在，事到临头抱佛脚，一家一户，再要联合起来修渠建渡槽，已经来不及了，来不及了！

只好担水浇地。

两家合作，一条扁担，两只水桶，从河里一担一担舀起来，一勺一勺浇在苞谷根下。三天三夜，一身的汗水都出干了，才给小月家浇了一亩三分，给才才家浇了一亩。浇过的地，夜里苞谷缓过青来，第二天一个红日头，地皮上又裂了娃娃口大的缝子。小月还从未吃过这般苦，太阳晒得脸上脱了一层皮，脖子上、头发里又生了痱子，一吃饭的时候，扎得像撒了一把麦芒在身上一样难受。才才娘更苦得可怜，担水回来，又忙着烧水做饭，眼圈子罩了一圈黑。大家一回来，她就把从山上采来的竹叶茶在盆里泡好放凉，可小月喝上两口就歪在一边睡着了。这一天下午，小月又跟着爹去担水，上坡时一个趔趄，桶撞在地上，桶底掉下来，车轮似的骨碌碌滚下去，她一火，就把扁担撅了。爹看不过去，说了几句，和爹又对口儿吵了一仗，就借故河上有人摆渡，跑到船上再不回去了。

抗旱天，摆渡的人不很多，她就坐在船上生闷气儿，拿眼儿直盯着那大崖前翻飞的鸽群。它们是一群多自在的生灵，倏忽地飞来，一会儿迎着风，露出斜斜的、窄窄的侧面；一会儿又顺了风，露出宽宽的、平平的正面，接着就一起投入一棵树上，像是被一块巨大的吸铁石吸将而去，无踪无影。

一根羽毛落在了船舱，在她的脚上浮动，一会儿起，一会儿落，最后闪出船沿，悠悠忽忽地从水面上直飘着到天上去了。

小月看得困了，想得也困了，就闭了眼睛睡在船上。

　　她睡得好沉。任凭水波将船怎样地晃动，只是不醒。梦里觉得自己躺在了一个草坪子上，坪上各种各样的花儿都开了，她乐得在草坪上发疯地跑，突然有一只毛毛虫落在她的耳朵上，又直往里边钻，拿手去捉……却撞着了一个又粗又大的手。她忽地睁开眼来，门门坐在船头上，拿一个毛拉子草轻轻地搔她的耳朵哩。

　　门门见她一醒，正襟危坐，一脸的正经，看着水面上的一只小鸟儿掠过，尾巴成数十次地点水。

　　"你干啥哩？"她恼着眉眼说。

　　"你瞧，鸟儿一点尾，一河都在放射着圆圈呢。"

　　"是吗？是吗？"

　　小月一骨碌爬起来，却猛地揪住了门门的招风耳朵，骂道：

　　"好个贼东西，人家姑娘家睡觉，你来干啥？"

　　门门连声叫唤。

　　"我叫你还欺负我不？"

"小月姐，我怎么就欺负你了？"

"那天你到我家，你怎么对才才说话的？！"

"我说些趣话，我也是为着你们好呀！"

"为着好？就是那么个好法吗？"

小月又使劲揪了一下耳朵。

"我错了，我错了。"

"怎么个错法？"

"要我平反吗？就说：才才想当女婿，他是白日做梦哩，小月压根儿就不愿意，小月爹是让才才当义务劳力哩！"

小月气得捶了门门一拳。

门门一个挣脱，跳下了船，站在船尾后的浅水里，恢复了被痛苦扭曲了的脸，说：

"小月姐，说正经的，你真要嫁给才才吗？"

"你问这个干啥？"

"村里人都这么说的，这是真的吗？"

小月伏在船板上不动了。

"真的是你爹和他娘自小就给你们定下的？"

小月没有回答。

"那不是包办吗？！"

小月头低得更低了。

"也好，才才有一手好活，心也诚实，去年我俩去河南西乡镇换麦种，一路上，他买烟，给我买一包三角钱的'大雁塔'，他给自己买一包九分钱的'羊群'，我吃一碗肉面，他只吃一碗素面。日后你准能拿了他的主儿，能做你们家的掌柜的呢。"

小月站起来，声色俱厉：

"门门，你别尻子嘴儿地喷粪！告诉你，以后不许你再提说才才的事。我王小月可不是才才，让你捏了软面团儿！我要嫁谁，我看上谁就嫁谁，你管得着吗？"

"中！"门门却大声叫好。

小月脸更严肃得可怕。

门门便瓷在那里，读不懂小月脸的这本书的内容。

"你有正事吗？没事你快去浇你的地去吧，瞧你那地里的庄稼，都快拧成绳绳了。"

门门正下不了台阶，听了小月这话，当下又生动了脸上的皮肉。

"小月姐，我是坐船到荆紫关去，听老秦叔讲，荆紫关后的刘家坪里，有一台抽水机租借，我想弄回来浇地呀。"

"抽水机？"

"租借一天十元钱，弄回来，便可以再租借给村里人，日夜机子不停，一个小时要是收一元五角，一天就是三十多元，扣过十元，净落二十，咱地里的庄稼保住了，额外又收入好多了。"

小月立即想到爹和才才担水浇地的可怜相。这鬼门门，怎么就想到这一步？

"这是真的？"她说。

"哄了你，让我一头从这里溺下水，到丹江河口喂鳖去！"

"门门，可一定让我家也浇浇啊。"

"那有什么问题？小月姐，你愿意和我合作吗？咱两家一起去租借，收入下的钱二一分作五。只要你愿意，你可以什么都不管，到时净分钱就是了。"

"我可不落那贪财的名。你等着，我回家叫才才和你合作，一块去刘家坪吧。"

"叫他干啥？"

"我想叫！"

"好吧。"

当小月兴冲冲赶到家里，爹和才才刚好从地里担水回来，一进院门，才才就累得趴在台阶上像瘫了。才才娘在家正喂猪，还没过来做饭，爹从水缸里舀了一水瓢凉水，饮牛似的喝着。小月将抽水机的事一说，爹把水瓢啪地丢在缸里，先一口反对：

"搞抽水机？他门门能搞下抽水机！那小子庄稼不好好做，想得倒好！"

"他真行呢，是老秦叔提供的线索，他准备就去刘家坪，还在河里等着哩。"

"别听他那一套。"王和尚说，"真能搞回来，那是电老虎，他能使唤得了？让猫拉车，就会把车拉到床底下去！"

　　小月嫌爹门缝里看人，不和他说了，就鼓动才才。才才只是拿不定主意，说门门人倒能干，但太精灵，交手不过。小月就骂："不是别人交不过，是你太窝囊！"才才便又去和王和尚说：

　　"大伯，或许这是好事哩，咱试试吧。"

　　"试试，试成了庄稼也就死完了！"

　　"那你说不成？"

　　"不成。"

　　小月一甩手，说：

　　"你们爱出力你们就一桶一桶担去，你给我些钱，我去。"

　　爹黑了脸：

　　"钱是从地上拾来的，让你拿去糟蹋？！"

　　小月哭丧着脸跑回船上，门门一问，哇地一下就哭了。门门只好一个人坐船走了。小月便一直守到天黑，等着门门和几个人抬着抽水机、小电机回来了，才一块回了村。

第二天，门门就将抽水机安装在自己地畔，皮管子一直伸到坡坎下的河里，紧忙地浇了一气，便租给小街上的人家。抽水机真的日日夜夜再没有停。他是懂得些机械的，每一家租用时，都请他去经管，好烟好酒相待，大海碗盛着凉面皮，一直要挑过鼻尖，吸吸溜溜地吃。

一时间门门成了村里的红人，他一从石板铺成的街道上走过，老少就打招呼："门门，吃些饭吧！"筷子在碗沿上敲得当当响，他的两只招风耳朵上夹了三四根香烟。碰着了才才担着水从街上过，一定要送给才才一根烟抽，才才不要，红着脸脚高步低地就走，那水就星星点点地洒了一石板路。

王和尚的三亩地和门门连畔，门门浇地的时候，他大吃了一惊，忙从苞谷丛里斜道穿过去。走到看不见门门的地方，骂道："这小子真成事了？"就心里起了嫉火。

门门的地种时并没有打畦子，水浇进去，高处成了孤岛，低处泡了稀汤，水溢流到了他的地里，他装着看不见。门门也装着看不见，在地头树下仰身儿一个大字睡觉。当旁人来租用抽水机时，又故意大声说，让藏在苞谷地里的王和尚听。

"你能信得过我吗？丑话说在前头，一小时一元五角，你肯糟蹋钱吗？"

"这是谁说的话？二元钱也不贵啊！"来人说。

"对了！瞧咱这庄稼，不在乎没长好，这一水，就什么都有了，要它屙金就屙金，要它尿银就尿银！"

王和尚把草帽按得低低的，走掉了。

才才终于忍不过了，说服王和尚也去租用门门的抽水机，王和尚没有言语。才才去见了几次门门，却碍了脸面，说不出口。王和尚就让小月出头给门门说话，门门一口应允，还亲自过来将抽水机安装好。这使王和尚佩服起这小子的能耐来了，将那竹根管烟袋递给门门抽。门门没有抽，心却满足了，悄悄对小月说：

"小月姐，你爹让了我这一袋烟，我什么也都够了！"

"你也是贱骨头！"小月说。

"咱这也是向才才学习哩嘛。"

这天夜里，王和尚和才才娘在地头经管着畦子，才才前后跑着看水渠堰儿，小月也学过机械，便守着抽水机。月亮清亮极了，她脱了鞋，将双脚浸在水里，一声儿听那马达的轰鸣。

水进了地，一片嗞嗞的响声，像是万千的蛐蛐在奏鸣，苞谷叶子很快就精神了，王和尚在地里拍着地说：

"你旱嘛，你龟儿子怎么就不旱呢？！"

哈哈哈地笑。

门门披着衣服，叼着香烟来看了几次马达的转动，就和小月说一阵话。听见王和尚的笑声，两个便抿了嘴儿也笑了。

"你爹还会恶我吗？"

"不知道。"

门门眨眨眼走了。小月温温柔柔地坐在那里，想着门门的话，真盼爹从此就会变。一时间，心里清净起来，歪身躺在地上，看夜空没一点杂云。三只四只蛐蛐从地里跳过来，在她身前身后喔喔地叫。这些生灵，也是喝饱了水，在唱一曲生命之歌吗？

"才才，才才！"她坐起来叫着。

几天来，日夜挑水浇地，才才黑瘦得越发不中人看，眼睛烂得更厉害了，用两片冬瓜叶拍薄了贴在太阳穴上。他从地里走近来，问小月有什么事。

"水渠修好就是了，用得着不停地跑吗？"

她把手巾扔给了他，让他在水里擦擦脸，自个儿就将爹放在地边的衫子和自己的衫子泡在水里，一边洗，一边说：

"你瞧瞧，一样是种庄稼，你累得像黑龙王，人家门门，香烟叼上转来转去的。"

"我怎么能和他比？"才才说。

"怎么不能比？人家庄稼浇得比咱早，产量不一定会比咱低呢。"

才才无言可答。

"你别跟着我爹学，他是上一辈的人，想事处事都过时，你学他的，总会吃亏哩。"

"大伯毕竟是做了一辈子庄稼。"

"他还不是求乞门门吗？"

小月最不满意才才总是这样放不开，心里就老大不高兴。

"才才，你是不是嫌我老对你说这些，说得多了吗？"

"……"

"你知道我为啥要对你说得这么多？"

"……"

"我跟你说话的时候，你就会这样！你听见了吗？"

"我听着哩。"

"你说我说得对不对？"

才才看了一下小月，绽了个笑，也不开口，却抓过衣服帮着洗起来。小月心火轰地腾起来了：

"谁稀罕你这样！你以为把什么都替别人干了，别人就喜欢了？你去吧！你去吧！"

才才落个没趣，走不行，不走也不行。可怜为难了许久，蹭过来又说："小月，大伯和我娘刚才在地里说……"

"说了什么？"

"说了那个事……"

"什么那个事，你连一句来回话都说不了吗？"

"就是……"

唉，小月真气得想把才才一把扼在水里！她也明白了才才说的是什么事，说：

"说咱俩的婚事？"

才才倒惊了一下，点了点头。

"都说什么了？"

"我娘叫你到地里去，她有话要跟你说。"

"我不去。"

"她说咱们的事，得有个媒人了，把事情正式定定。"

"这是你娘的主意？"

"嗯。"

"那我不去！"

"不去？"

"不去！！"

"那你？"

"那你呢？你是傻了，聋了，哑了，死了？！"

苞谷地里，才才娘叫起了小月，小月一声不吭，装作没有听见。

六

　　鸡打鸣的时分，小月家的地浇完了。王和尚和才才娘累得腰直不起来，小月则趴在渠沿的一个土坎上瞌睡了，一双脚还泡在水里。才才没有叫醒她，他一会儿去帮两位老人经管畦子里的水，一会儿又跑过来看看渠，几次想叫小月躺到地边的平坦处去，又怕打搅了她的瞌睡，蹲在渠边只静静地看一阵她的睡态，就赶忙提脚儿走了。他毕竟腿肚也酸得厉害，谁只要轻轻在他的腿弯处捅一下，就会扑通一声倒下瞌睡去了。他在心里说："这两家人的口都在你肩上扛着哩，你要顶大梁呢！"等整个地的角角落落都浇饱了，才关机子。小月忽地倒醒了，直怨怪着才才不叫醒她。才才看看王和尚，口羞得说不出来，忙闷着头去收拾那皮水管子，不小心却连人带水管子一起倒在泥水坑里。王和尚忙去把他拉起来，问碰着哪儿没有。才才只是笑笑，说没事，王和尚就把烟袋装好烟递给他，一边让小月回去取几个木杠来，好把抽水机抬到才才家的地里去浇。小月说：

"爹真是不要命了，人都累得没二两力气了，明日再浇吧。"才才娘也同意，让回家都去歇一歇。这时候，来了几个人，是门门的本家爷们，要将机子拉去后半夜浇他们的地。才才说没有给门门打招呼，他们就拍拍腔子，说门门是自家人，他还能不让浇吗，别说浇，就是浇水钱他门门还能红口白牙地要吗？才才想了想，也便让他们将抽水机抬走了。

才才回到家里，在笼里抓了几个冷馍啃了，趁娘睡下，他又拿了锨出了门。因为他家的地离河畔远些，抽水机的皮管又短，必须将水抽上来，再修一道水渠才能浇到地里。这么一直修到天明，去要机子的时候，门门的那几个本家人却变了卦，说他们还有几块地没有浇完。才才嘟囔是他让他们得空浇的，不能这么不讲理，他们倒说门门是他们族里的晚辈，理所当然先尽他们河南人浇。两厢争吵起来，好一场热闹。门门正在家里洗衣服，当下提了棒槌跑来，坚持要让才才先浇，理由是：才才家已经交过了钱。

"门门，你认钱就不认人了？"本家的爷们以势压迫。

门门说：

"这机子是我用钱租来的，我当然要钱。"

"好好好，我们给你掏钱！"

"掏钱也有个先来后到，一村子的人都排了队了。"

"门门，你把事情做得这么绝啊！你爷还把我爷叫爷哩！"

"我知道，爷！"

本家的爷们恼羞成怒，偏要先浇不可，门门倒上了气，没说二话就将机子关了，让才才抬去浇。那些人就倚老卖老要过来打门门，门门一口将嘴角的烟唾了，手中的棒槌往空中一甩，正好打在身边一棵柿树上，三四个青涩柿子应声掉下。他接住棒槌，叫道：

"我的机子倒不由我了？来吧，要打可不要嫌我门门是六亲不认！"

对手自知理短，先怯了场，手在屁股蛋子上拍着，一边走去，一边还在骂：

"门门，你这小杂种！你爷们不用你那机子了！"

"不用了好唔，你就不缺柴火烧了嘛！"

"你不认咱，咱也不认你了，你发你的财吧！"

"那自然了！"

门门偏将口袋拍着，那里边的钱币就哗哗地响。

才才傻了眼，不好意思地说：

"门门，这样好不好？"

门门没有回答，从口袋里掏出纸烟叼在嘴上，打打火机的时候，手却抖抖地几次没有打着。见才才还愣在那里，倒没好气地说：

"你还呆着干啥？没你的事！"

整整浇过了一个早晨，又浇过半个中午，才才家的地浇完了。才才松了一口气，抱住枕头就在家一气儿睡到天黑，鼾声打得像雷一般。吃晚饭的时候，王和尚来叫他们母子到他家去吃饭，说是做了些凉皮子。才才娘说还要喂猪，推辞了，却打发才才拿了一瓶子老陈醋去了。

吃罢饭，王和尚把电灯泡儿拉出来挂在屋檐下，和才才轮换着吃"一口香"，小月就关了门在屋里用水擦身子。月亮明晃晃的，才才又去门楼下的葡萄树上摘了几片叶子，在手心里拍着往额角贴，王和尚就叫小月擦洗完身子，去温些热水。说是这几天又急又累，都上了火，眼下心松泛了，该剃剃头了。就让才才先给自己剃，剃得光光的，在灯下直闪着亮。接着，他又要给才才剃，小月却将那洗头水端起来在院子里泼了。

"现在年轻人谁还剃个光头？难看不难看！"

"咱农民嘛。"才才说。

"农民就不能留着发型？人家门门，还是个小分头哩！"

王和尚说：

"大热天，门门那头发看着都叫人出一身汗哩。是啥就要像个啥，别装狼不像狼，装狗尾巴长！"

小月说：

"对着哩，用抽水机浇地倒不像是农民干的，是农民用桶担才像哩。"

王和尚噎得没有说出话来，就对才才说：

"好了好了，留什么头那是你们年轻人的事，不剃就不剃吧，赶明日让门门用推子给你理去。"

才才说：

"我可是打死也不留他那种小分头！"

小月说：

"你也就是上不了席面的——"

她没有说出"狗肉"两个字，因为看见才才娘急急火火从院外进来了。

才才娘脸色很不好看，一进来就顺手将院门关了，偷声缓气地说：

"他伯，不得了了！"

大家都吓了一跳，忙问出了什么事了。才才娘颠三倒四说了好大一会儿，才把事情头头尾尾道清：原来河南那边的公社里来了一个干部，说是收到一份反映材料，告门门搞非法活动，以抽水机发"抗旱财"，专门来调查这件事的，机子已经命令暂时停了。干部走访了好多人家，刚才去找才才，才才不在，向才才娘问情况，才才娘吓得只说什么也不知道，那干部就让才才回来后写个材料。

"哎呀呀，"王和尚当下就叫了苦，"怎么会出了这事！是不是上边又要来抓资本主义倾向了？"

小月叫起来：

"那算啥资本主义倾向？！到什么时候了，还来这一套！"

王和尚一下子上去捂了小月的嘴，低声吼道：

"你是吃了炸药了，喊叫那么大的声，是嫌外边人听不见吗？"

"听见又怎么样？"小月还在愤愤地说，"不是门门搞来这抽水机，庄稼还有救吗？这一定是他们本家子那些人告的黑状，这些人的心让狼掏了！那干部为什么要让机子停下来，耽搁了庄稼，把他啃着吃了？！"

王和尚一句话再说不出来，开始吃他的"一口香"了。"一口香"因为每次只是一口，吃起来火柴就费得可怕，他就将烟袋眼里的火蛋轻轻弹在鞋窠里，装上新烟了，在鞋窠里将火蛋按上去；如此传种接代，一根火柴就可以吃几十次"一口香"了。大家都没有言语，看着他已经吃过十五次了，突然一口大气将那烟袋眼里的火蛋吹散，扬手把烟袋丢在台阶上。

"唉，世事就是这样，街坊四邻的，为好一个人艰难，得罪一个人就容易了！谁也见不得谁的米汤碗里多一层皮。我老早就估摸他门门须出个事不可，怎么着？话说回来，这次抗旱，也多亏了这小子，可人万万不敢太英武了，老老实实的还是安稳。常言说：看着贼娃子吃哩，还要看着贼娃子挨打的时候哩。"

才才娘就说：

"他伯，人家明日一早就来取材料，才才该怎么去写呀？咱就什么都说不知道算了。"

小月说：

"门门真是做了什么犯法的事了，咱就怕成这样？人家还不是为了咱浇地，才得罪了那些本家人吗？咱现在不为他说话，咱良心上能过去？"

才才说：

"门门也太张狂了，说话口大气粗地占地方，让人就嫉恨了，你瞧他那嘴上，什么时候碰见都是叼着纸烟……"

小月说：

"得了得了，那是人家挣的，又不是偷的抢的，你想那样，你还没个本事哩！材料上，你刚才那样的话也休要提说一字半句。"

才才就不言语了。

王和尚说：

"才才，人家要你写材料，你就写，是啥就是啥。咱还是本分为好，别落得惹人显眼，那说发'抗旱财'的话，咱可不要昧了良心去说。"

第二天一早，才才将材料交给那个公社干部了。公社干部看了看，又和他说起来，他自然是能少说就少说，实在不说不行了，就说说事情的经过，结结巴巴的，出了一头的汗。送走了公社干部，他就可怜起门门来，想去给门门说些宽心话，但又考虑自己口拙舌笨的，便捎了锄又到地里去看苞谷去了。

苞谷得了水，精神得喜人，咯吧咯吧响着拔节的声，才才就不觉又念叨起门门的好处。回来经过门门的地边，见那地边的草很多，心里就说：女子锅沿子，男人地堰子，这门门地边的草长成这个样子，怪不得人说他不务正业呢。就帮着锄起来，一直收拾得能看过眼了，才慢吞吞走回来。在石板街道上，没想却又碰着门门了。

"才才，又去地里忙活了，是在你家地里，还是你老丈人家地里？"

门门打老远就又戏谑起他了，手里提了一瓶酒，走过来的时候，一口的酒气。才才没有恨他，也没有接他的话，看看他步伐不稳的样子，知道是心里窝了气借酒浇愁，又喝得多上了。这会儿又一把拉住才才，硬要才才到他家去再喝几盅。才才拗不过，到了门门家，门门敬了他一盅，自个儿一连三盅，喝得十分痛快。才才倒又好生纳闷。

"门门，那事到底怎么样了？"

"什么事？"

"唉，你还瞒我呀？是谁这么坏了良心的……"

"没事了，才才。"门门却笑了，"喇叭是铜锅是铁，他谁能把我怎么样？已经没事了，公社那个干部也走了，你没去河边看看吗，那机子又开起来了！"

才才猛地醒悟过来，叫道：

"你原来是喝高兴酒了！"

"可不，一张黑状子，倒使我破费了两瓶酒，昨儿夜时，那一瓶子都叫我闷喝了，来，才才，有人说我发了'抗旱财'，咱就是发了，这酒真是没掏钱呢！再来一盅！"

才才也喝得有些头晕了，说：

"门门，事情过去了就好，可你听我说一句话，以后你就是再有钱，在家咋吃咋喝都行，出去却要注意哩，在人面前夸富，会招人嫉恨呢！"

门门倒哈哈大笑起来了：

"好才才，你真是和尚伯的女婿，你是要我装穷吗？"

才才落了个大红脸。

苞谷地通通浇了一遍透水，褪了色的山窝子又很快恢复了青绿。过了半个月，天再作美，落下一场雨，几天之内，地里的苞谷都抽了梢，挂了红缨，山坡上显得富态了，臃肿了，沟沟岔岔的小河道却变得越来越瘦。人心松泛下来，该收拾大场的收拾大场，牛拽着碌碡在那里内碾一个莲花转儿，外套一个八字环儿；家家开始走动"送秋"，女儿女婿提着四色礼笼来了，酒是白酒，糖是红糖，那挂面一律手工长吊，二十四个白蒸馍四面开炸，正中还要用洋红水点上一点。客人要走了，泰山泰水要送一个锅盔——名儿称作"胡联"——将全部手段施在上边：画鱼虫花鸟图案，涂红绿蓝黄颜色，一直送着从石板街道上哐嗒哐嗒走进苞谷地中的小路，落一身飘动的苞谷花粉。更有那些孩子们编出各式各样的竹皮笼子，将蝈蝈装在里边，屋檐下也挂，窗棂上也挂，中午太阳一照，一只狗扑着将竹皮笼子一撞，一家的蝈蝈叫了，一街两行的蝈蝈就叫得没完没了。

七

大凡世上，锦上便容易添花，第五天里，陕西洛南县来了一个串乡的木偶戏班，叮叮咣咣在街口那边的大场里演出。三个晚上，都演的是《彦贵卖水》。门门看着，心里就热起来，拿眼睛在人窝里扫描，但终没有看见小月。他退出来，就立即到小月家去。月光下，王和尚正在门前的一台碾盘上修理石磙子拨枷，见门门往院里一探一探的，问他干啥。门门慌心慌口应道：

"大伯，我来借借桶，去卖卖水去。"

把担水说成了"卖水"，脑子里还是彦贵的事。说完，就吐了舌头。王和尚耳朵背，倒没听出这个字眼来，说：

"桶在门后，你自个儿取吧。"

他走进去，蹑脚儿到小月的房子一看，门上搭了锁，心里暗暗叫苦，心想：她人呢？要是她也看了皮影，他一定要问："咱村里的彦贵是谁？"门门空落落走出来，对王和尚说：

"大伯，家里就你一个人？"

"可不就我一个人。"

"没去看皮影啊？"

"我修修这拨枷，苞谷一收，就用得着这碾子碾嫩颗儿做粑粑吃了！"

门门快快地走了。王和尚见他并未拿水桶，心里疑惑了半天：这小子怎么心神不定的？今秋里多亏了他，但他确实也挣了不少的租用钱——功过相抵，到底是个不安分的刺头儿。

小月这夜里其实也在木偶戏台下，她来得迟，前边没了地方，就一个人爬到场边的一个麦秸垛上去看。麦秸垛上看得不十分清楚，但东来西去的风特别凉快。戏台上边，木偶儿彦贵和小姐在花园里，一个弓腰作拜，一个蹲身行揖，卿卿我我不能分开，她思想就抛锚了。一下午，她本是早早要拿凳子来占地方的，才才娘来到她家，又提起媒人的事情，小月虽然恨才才不出头露面，但也点头应允了这事，说："成就成，不成就不成，何必要找个媒人呢？又不是我家要财礼，开不了口，需得有人从中调和不成！"小月的态度虽不能使王和尚和才才娘十分中意，但一场婚事终于确定下来，心里就落了一块石头。小月急盼着看戏，态度一表，才才娘还没有走，她就跑来了，看了一阵彦贵的花园卖水，暗自想道：戏文全是编造出来的了，这彦贵一身好力气，哪里就会这般风流？这么思想一番，就拿眼儿在人群里寻着才才。才才没有在。她又怨恨才才为什么不来呢，他要看看这戏文就好了。木偶戏还在咿咿呀呀地唱，小月不觉眼皮打涩起来，后来就迷迷糊糊瞌睡着了。

这当儿，也正是门门到她家借水桶的时间。

一觉醒来，木偶戏早已散了，人走得空空净净，月亮斜斜地挂在场外的一棵核桃树上，像一个香蕉瓣儿。小月哎哟一声，就从麦秸垛上溜下来，看见戏台下有一个人提着马灯在地上找着什么，走近去，原来是老秦叔。老秦叔有个怪毛病儿，每每看戏看电影，他先在家里摸摸麻将，或者喝些酒，啃两个猪蹄，蒙头睡觉，戏和电影一完毕，却要前来清理场地：翻翻这块石头，踢踢那堆尘土，觅寻有没有谁遗掉了什么东西。结果这夜一无所获，便将三块人垫屁股的方砖提了回去。

"老秦叔要发财了！"小月笑着说。

"哦，小月，你怎么还在这儿？听你爹说你和才才的事定了，这么晚是去才才家才回来？"

"老秦叔的消息好快哟！"

她扭头就走，老秦叔还在后边说：

"什么时候给叔吃喜糖呀？"

老秦叔终没有吃到喜糖，但过了十多天，却美美地吃了王和尚的一顿长寿面。王和尚自了却了几件焦心的事情，精神一直很好。古历七月二十一日，是他的生日，就早早在村里吵嚷要操办一通，才才娘就过来淘了三斗小麦，用大席在村头的地畔处晾了，又去荆紫关张屠户处定了三个猪头、六副心肺、三个肝子和八条大小肠子。

这时候，苞谷秆上都大小不等地揣了棒子，苞谷颗儿还水泡儿似的嫩，害人的獾却成群结伙地从山里下来了。这些野物夜里常常钻在地里，一糟蹋一大片。到后来，颗粒稍稍硬些，一些手脚不好的人也偷偷摸摸干出些不光彩的事来。王和尚家的苞谷长得最好，竟一个夜里丢没了十五个棒子。家家就开始在地里搭了庵棚，鸡一上架就有人坐在那里看守，沟这边，沟那边，河这边，河那边，夜夜都响着锣声，叫喊："过来了！过来了！"獾就被火枪打死过几只，而小偷虽没有抓住，但那跑丢在地里的一只破胶鞋被高高挑在街口的树上，让人查证。

才才第一个在两家地头搭了庵棚，夜夜跑着看守。岳父的生日越来越近，他又想不出该给操办些什么寿礼，去请教过老秦叔，老秦叔趁机推销了他货摊上的二斤白酒、两包点心、一顶火车头丝绒帽子、一双毡毛窝窝棉鞋，最后又想出了一个绝妙的寿礼：包一场电影，让全村人都去看，一是让岳父在全村人面前体面体面，二是公开了和小月的婚事。才才就花了四十元，去荆紫关请了河南一个公社的放映队。

消息传开来，人人都觉得新奇，交口称好。山窝子里看一场电影不容易，七月二十一日，从下午起，丹江河那边的人家逮住风声也赶过来看电影，小月的渡船就撑了一趟又一趟，心里也高兴才才办了一次漂亮事。

这一天，她穿戴得十分出众：上身穿一件隐花的确良圆领短衫，只显得脖子特别长，又特别白嫩，下身是一条月白柞丝绸裤，有棱有线儿，脚上的鞋也换了，是一双空前绝后的白色塑料凉鞋。"男要俏，一身皂，女要俏，一身孝"，她一站在船上悠悠地过来，岸边的人就都直了眼光。

"这就是才才的那一位吗？这妮子吃的也是五谷，喝的也是丹江河水，怎么出养得这般好人才！"

"才才那个黑瘦鬼，又没有多少钱，嘴拙得没个来回话，倒能有这么大的艳福？"

"听说是她爹的一个好劳力。"

"哦，他能守得住吗？"

"守不住你去行吗？世上的事就是这样：一个哭的，搭一个笑的，一个丑的，配一个俏的，哪儿就有十全十美的夫妻？"

小月隐隐约约听见了，心里就骂这些人碎嘴烂舌，只当没有听见。摆渡完了，正要收船回去，却见门门懒懒散散地走了过来，也没有打口哨，也没有跳跃的脚步，见着路上有了石头，就用脚去踢，石头没动，脚却踢疼了，抱着脚丫子哭不得、笑不成地打转儿。

"门门！"她叫了一声。

门门却没有像往常一样飞快地过来，冷冷地说："有事吗？"

"你这几天到峨眉山成佛了，怎么不见你的面？天要黑了，又到哪儿喝酒去？"

门门的红卫服的口袋里，果真一边揣了一个酒瓶，当时闪了一下笑，说：

"到荆紫关去，听说那边供销社收购桐籽，我去问问，如果收购的话，我明日沿河进山去，山里的桐籽是四角一斤，供销社是五角一斤哩。"

　　小月板了脸说：

　　"改日去吧，今夜里有电影哩。"

　　"看不看无所谓。"

　　"什么有所谓？钱就看得那么金贵！"

　　"钱算个屁哩！钱是为人服务的，要是让钱支配了人，那活着还有什么意思？去运桐籽，全是为着畅快散心哩。"

　　"那看电影就是受罪啦？"

　　门门看着小月，鼓圆圆的腮帮子一下子瘪了。

　　"那是你家包的电影……"

　　"是在我家炕头演了？全村人都去看，嫌没给你发一个请帖吗？"

　　"小月姐，你眼里还看得起请我？"

　　"请你，就请你！"

"是你请，还是别人请我？"

"我请！"

门门跟着小月往回去。小月发觉门门的脸色一直阴着，话也是问一句答一言，就说：

"门门，你得什么病了？"

"没有。"

"那你给我黑着脸干啥，我欠你的账了吗？"

门门停住了脚步，突然说：

"你真的要跟了才才吗？"

"嗯。"

"是你心里愿意的？"

"嗯。"

"……祝贺你。"

"你这是什么意思？"

"没什么意思，我门门还能有什么呢？"

小月却嘎地爆发了笑。

"你碎仔儿肚里有几根曲曲肠子，我小月看得清清楚楚的。你说，你是不是在嫉恨才才？！"

"我？不是我嫉恨他，是他要嫉恨我了。"

"他敢？！"小月说，一脸的正经，"你要是好的，你应该高高兴兴看今晚的电影，你要不看，往后你就别叫我小月姐，我也认不得你是谁了！"

"小月姐，你真的还待我好？"

"你晚上去不去？我在大场上等着你。"

"我去。"

但是，吃罢长寿面，当门门拿着凳子靠近小月在大场上正等着看电影的时候，才才来找小月了。才才还是那一身旧衣服，门门却穿着一身皂色新衣，气态风流，咄咄逼人，偏在人窝里，并肩站着和才才大声说话。人们都拿眼睛看他们，评头论足，才才就自惭形秽，一时手脚没处放，眼睛没处看，越发畏畏缩缩。门门却更加落落大方，很响地笑，将带有锡纸的烟天女散花似的发给周围的人，说："吸吧，吸吧，咱是无妻无子无牵连，有吃有穿有纸烟！"小月也一直看着他笑，眼睛溢彩，羡慕他的风度。

但看着看着，就看出味儿不对：他门门是在晾才才了，故意在和才才相比给她看吗？给村里人看吗？火气便冲上来，说：

"门门，给我一支烟！"

"你也吸？哎哟，散完了。"

"怎么不吸？你今天不是显亮排场了吗？怎么只带了一盒烟？！"

门门当场僵住了。小月却掉过头去，兀自和才才说话，一边拿蒲扇给才才扇着："你找我有事？""大伯说今夜放电影，人杂乱，叫咱们到地里看苞谷哩。""噢，走吧。"两个人站起来，一块往外走，再没有回头看一下门门。

到了苞谷地，才才就在地的四周查看起来，一边查看，一边敲着小铜锣，故意叫些"喂！——""喂！——"的怪声。小月坐在了地头的庵棚里。这庵棚是用桠棍儿搭的，上面盖了草帘，离地三尺，棚里的面积方不到三米，可以拿眼睛一直看到地的每一个角。这夜没有月亮，也没有星星，天阴得很实。小月晚饭吃得饱了些，刚才又生了些闷气，肚子就不舒服起来，开始不停地打嗝儿，每打一次，身子就跳一下，只好捂了嘴，用鼻子做深呼吸。才才查看了一圈回来，忙叫小月吃些什么东西，嗝儿就压住了。小月说："在地里吃啥，把你吃了？"才才就立在地上发急，蓦地去拔了几个没长棒子的苞谷甜秆子给小月啃，果然啃过一截就好了。小月就让才才也到架子上坐，才才扭扭捏捏不上去。

"今晚把门门得罪了。"她突然又想起了门门。

"得罪他什么？"

"我让人家来看电影的，陪着刚坐下，就闪下人家走了。"

"陪他？"

"他心里不好受呢。"

"谁偷他东西啦？"

"你把他魂儿偷走了。你知道不，这一二年里，他一直在爱着我哩，现在见咱们订了婚，他一肚子委屈，又说不出来……"

"流氓！"

"怎么那样说话？人家爱是人家的事，也不是什么过错。"

小月不高兴起来，才才就不言语了。两个人一个在上坐着，一个在下站着，默默陷入了沉静。村子里，电影早已开映了，传来热闹的插曲。

"上来坐着吧。"

"我不困。"

"叫你上来就上来！"

才才爬了上去，黑暗里坐在小月的身旁，他生怕不小心挨着了小月，一坐下就一动不动；小月听见他气出得很粗，很短促，心里骂道：真老实得可怜！忍不住噗地笑了。

"你笑啥？"

"这一夜坐着够难熬的。"

"你没熬惯。"

"天真黑，后半夜怕要下雨了。"

"再下一场雨就好了，苞谷颗就全饱了，种麦也有了墒。"

"什么在响？"

"苞谷拔节呢。咱这苞谷，十拿九稳丰产了，伯还嫌我种得密，现在就看出密的好处了。"

"一说到庄稼你口齿就利了，再没有别的话说吗？"

"我不会编故事。"

"你就不如门门。"

小月嘟哝了一句。想到自己要和才才过一辈子，不免叹了一口气。她又想起门门是不是还在大场上看电影，或许早也走了，一个人在家里喝酒。他有一斤的酒量，却从来没见醉过，一觉得有些多，就拿指头在喉咙一抠，哇哇地全吐出来。想着想着，她觉得发困起来，连打了几个呵欠。

"你用草草捅捅鼻子，打几个喷嚏就好了。"

"你给我掐个草叶吧。"

才才在地上掐了个草叶，爬上来递给小月，因为距离远，小月接不着，他只好将身子挪过去，感觉到了她那热乎乎的肉体。突然远处一声狗咬，才才叫声"有人来了"，忽地跳下庵棚架，几步跑到一边，又放慢脚步去查看动静了。

那狗咬声很快从地头传过，慢慢远去了，才才知道那又是不要脸的游狗在作勾当。等四个角落转过一遍回来，小月却靠在庵棚架子床头睡着了，咝儿咝儿响着细微的鼾声。他第一次这么真切地听到了女孩家的鼾声，心里就忽忽地发热，放大了胆走近去，看不清她的动人的眉脸，只闻到了一种淡淡的粉的香味和一股女孩家身上才有的肉体和微汗的混合香味。

"她是太累了。"才才心疼着，不敢叫醒她，又怕风夜里睡着要感冒；不愿意离她太远，又怕她突然醒了看见自己站得这么近而又起反感。如此矛盾了好长时间，就顺着那庵棚柱儿蹲下来，一明一灭地吸起烟来。一直到了露水上来的时候，村子里早没了电影的声响，他看看天，天阴得更沉了，远远的谁家的鸡细声细气地叫了一阵。才才站起来，突然想起老秦家后院墙根有一树葡萄，今年结得正繁，这仙物可以解瞌睡，就轻着脚步跑回小街去了。

第一次做贼，心里慌得厉害，总觉得身后有人。"只摘一串，我不吃，我一颗也不吃。"他为自己解脱着，就爬上了老秦家的后院墙，窸窸窣窣摘下一串，用牙咬了把儿，跳下来。就在身子落地的时候，一块石头正好垫在他的腿下，用手摸摸，膝盖上湿腻腻的，一跛一瘸跑回来。这时候，天开始下起雨星来，苞谷地里一片唰唰乱响，小月已经醒了。

"你到哪儿去了？"小月问。

"天亮前这阵难熬，我给你摘了串葡萄。你吃吃，脑子就清了。"

"给我摘的？"

小月吃下一颗，酸得直吐舌头，连吃下几颗，瞌睡当真没有了。

"下雨了？"

"下雨了。"

雨越下越大，又起了风，庵子被摇晃着，发出吱吱的响声，顶上的草帘不时被风揭起半角，风雨忽地进来。小月忙躲在庵子里边，喊才才快进来，才才却用手紧拉着草帘不肯进去，小月一把扯他过去了。两个人身子挨着身子，风雨使他们只有挨着身子站着的地方，两个人同时感觉到对方浑身在索索直抖。

"你冷？"

"是冷。"

但他们的头上却都发热，越是觉得热，身上越是索索地抖，小月的脸却烫得厉害，一种少女的害怕的羞涩和巨大的惊喜使她说话也发着颤音。

"你淋着雨了？"

"没没没没淋。"

不知怎么，小月的身子发软起来，几乎不能支持，她需要一种力量，需要一种依靠，身子更紧地靠近了才才。这时，她又觉得只有强壮的男子才是最好的依靠。庵棚外的雨哗哗哗地下着。两人都没有说一句话，小月希望着有一颗炸弹，突然地将她粉碎在空中，但这颗炸弹终没有引爆，十分钟，二十分钟，三十分钟……她头顶上的热量慢慢冷却下来，睁开眼睛，才才却双手像是被绳捆住了一般木呆呆地站在那里，已经麻木了。

王和尚看完电影，回去喝了半瓶子白干，睡了一个十多年来最称心的觉，五更天里被雨声惊起，忙提了马灯来给小月和才才送蓑衣、雨帽，一走到庵棚口，看见了庵棚里的小月和才才，一口便吹灭了马灯。

八

王和尚看见了小月和才才在庵棚里的事，心里就有些犯忌讳，害怕两个人年纪还小，不能到扯结婚证的时候，万一有了什么下场，就会要丢掉人经八辈的脸面。便在家当着小月和才才的面，指桑骂槐地警告了几次。同时，对待才才，更是如同自己亲生儿子一样使唤，要训就训，要骂便骂，才才只是猫儿似的百依百顺。这样一来，小月一见到才才，也都脸烧得似一张红布。有好几次，才才一进屋，见王和尚不在，扭头就走，小月喊也喊不住，气得等他再来的时候，她也就不理睬他。一来二往的报复，两人关系刚刚好些，又生分了。小月一肚子委屈和气恼，想给爹说说，又开不了口，便一个人到娘坟上哭了一场。

收罢秋，苞谷棒子果然比往年多倒了几大堆，剥了些颗粒晒了，又结了四个苞谷串子吊在屋梁上。王和尚每每一进门，就瞅着那苞谷棒串子发笑。才才家没有养牛，也没买牛的打算，便将所有的苞谷秆都给了岳丈，王和尚门前的几棵柿树上，就都盘起了秆禾垛，站在小街口的石板路上，抬头看去，就像是几座炮楼。而那些未盘起垛的苞谷秆、谷秆、棉花秆，则在门前的巷道里塞得到处都是。门门新买了一辆自行车，一骑到这地方，就倒了，连人带车子滚在柴窝里，爬起来，虽然不疼，却呻吟声大，扬手就要扔一个苞谷棒芯子到那墙角的梧桐树上，惊得那窠里的喜鹊喳喳乱叫。小月跑出来，他却一骑车子就走。小月叫一声，不回答，气得就唾一口。转身进门的时候，心里却不免一阵空慌，对着爹发些莫名其妙的脾气。

王和尚并不介意自己女儿，自己养的狗，自己知道咬人不咬人。出门在外，还是要夸说小月和才才的好话。使他在人面前说不起话的，依然还是那头老牛。地里收拾净后，别人家三天就把地犁完了，王和尚犁过一天，牛就累得躺下了。他也不愿意去向有牛的人家去借，便抡镢头挖，也活该是哪壶不开提哪壶，家里的麦面也瓮底儿朝天，麦子淘出来，牛却上不了磨道。王和尚就白日挖地，夜里和小月、才才抱着磨棍推石磨。走一圈，又一圈，磨道里的脚印一层一层，不知转了有几十里的路程。三根磨棍，是钟表的时针、分针、秒针，一夜一夜搅碎了时间。

"爹，咱这是何苦呢？"小月一抽磨棍，丢在地上，说，"白日黑夜连轴转，麦种到地里，人怕也就不行了。"

王和尚拿眼瞪着小月，但毕竟自己上了年纪，腰疼得直不起，石磨推上一阵，就要坐下来吃一袋烟，于是坐下来，说：

"做农民就是下苦的嘛，你说咋办呢？"

"把牛卖了，掏钱让代耕。门门没有牛，麦却早种进地了。"

在这山窝子的小街上，门门的经营，影响了好多人家，先是老秦家婆娘做小本买卖，大到家具锅盆，小到线头顶针，逢集到荆紫关摆摊，老秦又劁猪阉狗地整日不落屋，但两口子都是小鼻小眼的货色，认钱不认人，有的是滋润日月，缺的是本分人缘。门门则是典型的河南人性格：钱来如急雨，钱去似狂风；吃得大苦，享得大乐。人面前消息又最灵通，衣着穿戴又多时兴，人人背地里常常骂他，有些事却不得不去求他，他仗义疏财，浪荡得倒让人可爱。而就在才才家隔壁，也出了一个人物，姓毛叫二混的，他没有老秦家的灵活，也缺乏门门的痛快，先是同才才一样，老实巴交种庄稼，但后来就养了三头牛，平日专供犁地推磨，别人借用一晌，掏一晌工钱，日子过得虽不是大富大贵，却人不欠我，我不欠人，挣得一个正经农民的声誉。小月说的代耕的事，就是指这姓毛的湖北人。

　　"亏你说得出来！"王和尚不听还罢了，一听撞了自己的心病。对于毛家，他是最眼红的：一样的农民，人家竟能养了三头牛，咱一头倒养得风一吹就倒，早被旁人耻笑了。如今怎么红口白牙地去央求人家？

小月说：

"不行就是不行，充那个面子干啥？"

王和尚说：

"怎么个不行？谁家不把牛当一口人待着？你平日出什么力，操什么心了？这牛谁也别想卖，我就不信它不是头好牛！"

"好吧，好吧，我也盼着你靠这头牛发家啊！"

毫无办法，在这个家里，爹是决定政策的，小月能把他怎样呢？推完了磨子，又跟爹好歹挖完了地，白天一到船上，抱着竹篙就直打盹，竟产生过这么一个念头：什么时候结婚呢？结了婚，爹就管不上我了！

她把一切希望都寄托在才才的身上了。

才才的地还没有挖完。他娘早年患过哮喘病，天一凉就犯，大热天里，夜夜睡觉还穿着一个夹层兜肚，自然帮不了他多少忙。他又心重，地挖得一定要一尺多深，石子一一捡净，菅草一根不漏，别人都下种到地了，他才四处跑动换着新的品种。已经有好多天，小月还没有见到他。

门门还是每天骑着车子从小月家门外走过，摇着车铃打惊喜鹊，接连好多日子不理小月。小月越是恨他，他的影子越是占据在她的心上，后来竟不是他到她的门外去，而是小月到他的窗外转悠。这时候，他就常趴在后窗台上，将米粒撒在那里，等着山坡上下来的雀儿来啄，样子是十二分的颓废。小月的眼睛就红红的，有些潮湿，觉得他太孤单，太可怜了。

这一天，小月坐在街后的桑葚树下，远远地看着门门在那儿用米逗雀儿，便叫着他的名字：

"门门，你不能折磨你呀！你怎么不到我们家去玩呢？我们真的得罪你了吗？"

"哪能呢？"门门绽着笑，"我是病了，谁家也懒得去了。"

小月吓了一跳，走近窗台，窗台上的雀儿轰地飞了。门门的脸确实灰黄黄的。她将那桑葚树狠劲儿摇摇，落下一层紫黑的桑葚，用手帕包了递上去。

"什么病？"

"脚手发热，夜里老出盗汗。"

"你怎么不去让医生看看？"

"小月姐，这病全是为你害的呢！"

他说完，就闭上了眼睛，默默地不再言语，小月呆呆地看着天，天昏昏的，是一个偌大的空白，那些馋嘴的雀儿在屋檐下的电线上叽叽喳喳窥视着窗台上的碎米。

从那以后，门门又是以前的门门了，三天两头就到船上和小月聊天。小月也不拒他，竟蛮有兴趣地让门门在河边的石头下提来螃蟹在锅里蒸了，教他怎么吃蟹钳里的肉和那黄黄一点的蟹黄儿。门门自出钱让老毛家代耕了地，将一袋化肥、二升麦种撒在地里后，就再不去经营了，一连两次去丹江河上游的山里收运了八十麻袋桐籽，挣得一叠票子，便在家里大碗喝酒，大块吃肉，将收音机音量开到极限听河南坠子。到了月底的二十七日，在渡口上对小月说：

"小月姐，你和我能去见见陆老师吗？"

陆老师在荆紫关的学校当过小月和门门的语文教师。

"毕业后我还未去过学校呢，你找他有什么事吗？"

"听说陆老师要到丹江口市出差，我想同他一块去，顺便撑个排，运些桐籽，把他捎上，待上十天半月，坐汽车再从河南绕道回来。"

"那划得来吗？一排桐籽能卖多少钱？不够你去丹江口市浪逛的车票！"

"哪儿倒图了钱了？钱我不缺，咱只求去开开眼界，钱能挣得完吗？你也去吧，伙食路费我全包了！"

小月瘪瘪嘴，笑着说：

"你寻着要和才才打架呀？"

"不给他说，或许三五天就逛回来了。"

"好呀，门门，你要我和你私奔啊？！"

两个人都哈哈笑起来。门门见小月喜欢，就轻狂了：

"才才对你好吗？"

"没什么好。"小月说，"也没什么不好。"

"那……你让我捎买什么东西吗？"

"没什么好买的。"

门门坐着小月的船到荆紫关那边去了。

送走了门门，小月正横了船，取出一本爱情小说刚刚看过三页，老秦家的小儿子风风火火跑来报信：才才和隔壁的毛家打了架，两方都头破血流，爹让她立时三刻回去。

小月啊地叫了一声，脸吓得煞白。才才是老实透顶的人，长这么大，还从未和人红过脸，怎么就会和毛家打到这么个地步？一到才才家，小街的石板路上，人都拥在那里看热闹。武斗已经结束，各家被街坊拉进各自土炕上包扎，但爹和才才娘正高一声低一声朝着隔壁的门楼交替嘶骂。才才满头是血，伤口上敷了棉花烧成的灰，一见了她，倒委屈似的哇地哭了。

问起头头绪绪，原来中午才才换了麦种回来播撒，发现连畔的毛家已在地畔中的犁沟界里种了麦，当下找了一条绳拉拉，将那犁沟界重新挖开。双方以此争吵起来，大打出手。才才力大过人，毛家儿女众多，武斗结果，两虎俱伤，谁也未吃了亏，谁也未占了便宜。

"我当是什么事，就为了一个犁沟界打得这样？"小月倒埋怨起才才来。

才才说：

"这犁沟是两家的，他不能把我的地也种了去呀！"

王和尚和才才娘走进来，手拍得叭叭响，嚷道不能咽了这口恶气，若你松了门缝，他进来一只脚，就要进来一条腿呢。

"小月，咱总不能让人这么欺负呀！找队长评理，队长是稀泥抹光墙，让在地界上筑了一道石头，但这就算一场事完了？"

"那还能再打一仗不成？"小月说。

"咱往大队、公社打官司，小月，你文化深，你给咱写状子！"

小月说：

"算了，算了，地界上反正筑了石头，说到天撂到地，就是那么大件事嘛……"

才才说：

"这哪是小事？咱当农民，靠的是地活命哩，地让人家侵占了，还是小事？"

小月说：

"你要告，你去写状子，我没那个心思。街上那么多人看热闹，不怕人笑话！"

王和尚倒骂开了：

"放你娘的屁，怕什么笑话？平日里，你百事不理不睬，到了这一步，你倒还要吃里屙外了！"

看热闹的人都拥在门口，趴在窗子上，喊喊喳喳地议论。小月受不了这种窝囊气，眼里噙着泪水跑出去了。她重新到了船上，放开声哭了一通。她真恨才才，今日竟会对她发那么大的火，一掌宽的一个犁沟没拉直，就好像剜了他的心，竟当着两个老人和全村人，伤她的脸面！

"我王小月的价值都不如一个犁沟吗？"

她抬起泪眼看见河对岸的荆紫关街口上，门门和陆老师正比比画画说着什么，她大声喊了一句："门门。"但是门门没有听见，她要再喊，说她也想到丹江口市去呀，脖子一软，却再也喊不出来，趴在船上哽咽得更厉害了。

九

青春少女的心是最顶不住一点点的打击的，小月受了一场气后，情绪一连半月也缓不过来。天明出门，天黑回家，终没有一个笑脸；一到渡口，就把那船撑得飞快。王和尚和才才整日找大队、公社的领导，最后还是没个结果。先是村子里都同情才才，到后来也觉得有些太那个了，便喊喊喳喳地说起了不是来。才才也慢慢后悔了，每次到王和尚家，说些讨好的话给小月，小月还是不理。两家的日子都过得没盐没醋似的寡味儿。

这天傍晚，小月无精打采地收了最后一趟摆渡，照例没有立即回去，一个人坐在沙滩上听那鸽子热闹。十多天来，她感到很孤独寂寞，但又不愿意谁来打扰她——孤独寂寞倒可以使她更好地观察和思索一些事了。一直坐到月亮清幽幽地出来，照出沙滩一片光亮。

河里有了哗哗的响声，却怎么也看不清楚。"谁在过河了？"小月这么想着，那水声越来越大，就有一个人光着身子，头顶着衣服和提包，从水里蹚上了沙滩。

"门门！"她突然叫了一声。

果然是门门。他刚从丹江口市回来，叫着"小月姐"就跑过来。

"混账！还不快穿了衣服？"

门门才醒悟了自己的狼狈，忙又扭头跑去，在一块大石后穿好了衣服。过来时只是嘿嘿发笑，激动得说不出话来。

"你是在这儿等我吗？"

"谁等你了！"

"那怎么这样巧！我还以为你早回去了，就踩着水过来，岸那边还有一个提兜哩。"

小月就把船从树上解下缆绳，推出一片芦苇丛，两个人坐了去取提兜。船返回河心，水雾漫得很快，河东岸的荆紫关和河西岸的小街，蒙蒙地虚幻了轮廓。门门见四下无人，就从提兜里掏出一件衣服来让小月看。这是一件白色尼龙高领衫，前胸上还绣有一朵玫瑰红花。她连声叫着漂亮。

"小月姐，你快穿上试试，这是我特意给你买的呢。"

"给我？你不知给哪个女子买的了，拿来给我耀眼吗？"

"真的给你买的。"门门倒急了，"我要是说谎，叫我变成河里的王八！"

小月就白了他一眼，说：

"这是洋玩意儿，我穿上不配了。"

门门说：

"你要不穿，谁还能穿呢？丹江口市的女子们都穿着这个，她们哪儿就比你好看了？"

"多少钱？"

"便宜得很。"

"我可没钱呢。"

"我不收钱，是我送的。"

小月便把衬衫丢在门门怀里了。

"我不要！"

"你是看不起人吗？为了买这衣服，我整整一天转了大小二十几个商店，你倒这么冷落人！你怕才才打你吗？我又没有什么邪心眼，再说，一件衣服就碍了什么事了，你就那么害怕呀？！"

小月被这么一抢白，倒扑哧笑了，一指头点在门门额上，骂道：

"小油皮子，我倒服了你这一张嘴了！到底多少钱？"

"你真要气疯我吗？小月姐，我出出进进，哪一回坐船你收过钱了？权当是我还给你的船钱。"

"好吧，只要这船不烂，你碎仔儿门门就是这船的一半主人！"

门门见收了衣服，千感激，万感激，喜欢得不得了，又滔滔不绝讲起了丹江口市的高楼、大街、电车、高跟鞋、筒裙……一边说，一边舌头就哑得啧啧响。末了突然叫道：

"还有更好的东西哩，包你喜欢！"

"什么新玩意儿？"

"烟灯。"

"烟灯？"

"对，放烟灯有意思极了，我在丹江口市郊那里学来的，点着一放，心就随着灯一块上天去了！"

"那你今晚放放。"

"我来不及做了，中秋夜里怎么样？"

小月将那高领尼龙衣拿回家，才才来看见了，问是哪儿买的，她本想直说了真情，却口一改，说：

"荆紫关商店买的。"

"荆紫关进了这等洋货？高领，你能穿吗？村里人怕要指点你了。"

这话使小月不舒服，心里说：我为什么不能穿？这衣服做下就是让人穿的，我比别人缺什么，短什么？她对自己的长相一直是十分自信的。门门跑的地方多，见的城里的女子也多，他说她好看，穿上这衣服更好看，那是可靠的。才才连山窝也没走出过，他还不知道她小月是怎么个好处哩。

她又想：哼，门门和我没亲没故，倒有心给我买了衣服，你才才算是我的未婚丈夫，你只是讨好着我爹，种地养牛，可给我买过一个手帕吗？我王小月不是见钱眼开的小财迷，可你的心呢？

她恨恨地对才才说：

"我怎么不能穿？谁规定农民就只能穿烂的？我偏要穿哩！"

第二天，小月就把尼龙衣穿上了，又头上梳得光亮，鞋袜换得崭新，一时轰动了整个山窝。一些小伙们背过她说：吓，这小月不收拾就好看，一收拾简直是画儿上走下来的！他们有事无事，就到河里来，坐一趟船过去，又坐一趟船过来，心猿意马的。小月偏要在他们面前走动，逗拨着一副副憨痴呆傻的样子取笑，但稍一发觉他们要越过尺度了，便连讥带骂，将他们的一颗颗火熊熊的心用冷水一尽儿浇灭。

只有门门走来了，他给她笑笑，她也给他笑笑，小月拿过他的墨镜戴上，门门就遗憾他没有个照相机。

转眼到了八月十五，不到天黑，王和尚就扫了屋里门外，将小桌摆在院里，放了酒、肉、月饼、葡萄、梨儿、枣子，请才才和他娘来过节。两个老人想趁夜里吃顿团圆饭，使才才和小月关系融洽。

月亮款款地往上升，爬过了梧桐树梢。甜酒刚刚吃过三巡，门门咿呀推门进来。王和尚对门门这个时候的到来心里老大的不高兴，但还是留着门门喝了一杯酒，说：

"这多少天了不见你的影子，又到哪去了？"

门门抹着嘴，倒给王和尚递上了一根烟，说：

"伯还惦记着我哩？我去丹江河上游商君县贩运了一批龙须草。"

"你小子静静在家待不上十天八天的。"

"我是不安分，要不，你怎么就看中才才啦？"

一边拿眼睛乜斜小月。小月没好气地哼了一声。

王和尚又说：

"这一趟又赚了大钱了？"

"别提啦，这次折了大本了！"

"赔了？"王和尚愣了一下，接着又嘿嘿地笑起来了，"门门，你愿意听不愿意听，伯要给你说一句话：你一个人过日子，把那几亩地种好，好歹找个媳妇，也是一家滋润的光景哩，何必总担那些风险呢？秋里抗旱时那场事，多邪乎的，你怕又忘了呢！"

门门倒笑了，说：

"伯说得也对，我也想学学才才，学不会嘛！"

小月说：

"你别作践人了，才才要有你一半本事就好了。"

王和尚倒瞪了小月一眼，说：

"啥话你都能说出口，那是你说的话吗？我看才才还是靠得住，人活名，树活皮，村里人谁不说才才的好，大队支书正培养才才入党呢，你还不仅仅是个团员。"

王和尚训着小月，话里却对着门门。门门就说：

"小月姐倒比我强多了，可怜我连个团员都不是哩。才才，来，我敬你一杯！前几天我才知道是你帮我收拾了地里的草，如果上边要选举活雷锋，我保险第一个给你投票哩！"

才才倒不好意思起来。小月暗中捅了他一下，他才举了酒盅和门门碰了一下对喝了。

门门就说：

"今夜难得这个口福，喝了你们的酒，小月姐，你不是要看放烟灯吗？我去放放，也让你们快活快活。"

王和尚说：

"放什么烟灯？门扇高的人了，还干小孩子们的玩意儿！夜里我要给他们说些话哩。"

门门当下脸色阴下来。小月给他丢了个眼色，门门便搔着头快快地出门走了。

王和尚就和才才娘说了一通人经几辈流传下来的话：不成亲是两家，成了亲是一家；儿是什么，女是什么，手心手背都是肉；两家都苦命，孩子都是守着寡拉扯长大的，如今就要好好相处，等家境宽余了，热热闹闹办一场喜事，为两家大人争口气。接着，王和尚就数说小月的任性，才才娘就埋怨才才的不会说话。才才不知怎么就哭起来，说是想起了小时老人受的恓惶，现在地分了，他就要舍一身力气，孝敬老人呀。小月一直没有言语，思想里老想着放烟灯的事，只苦于找不到脱身的机会。看见才才哭起来，倒觉得才才真个没出息，在亲生老人面前，用得着这么像对老师做检讨一样的举动吗？

院外几个孩子锐声地叫着小月，说是河岸立了好多人，要过来的，要过去的，喊叫渡船哩。小月就站起来要走，爹只好叮咛说：

"快去快回来！"

一到街道上，家家老少都在门前桌旁坐了，指着月亮说长论短，这一桌和那一桌，互相敬着酒，孩子们却满街乱跑，大呼小叫。小月向每一个桌子问好，每一个桌子，都有人站起来让她尝尝点心。刚刚走到弯柳下的界碑石边，门门从树后闪出来，手里拿着烟灯说：

"你们家开什么会了，那么严肃？"

"你怎么没有去放？"

"我等着你呀！等得急了，才让这些孩子骗你出来的。"

"我知道是你的鬼把戏！"

孩子们围着他们，嚷着要看放烟灯，听了他俩说话，一个说：

"哟，哟，你两个好！你两个好！"

门门一巴掌打在那小光头上，骂道：

"好你娘个脚！谁要喊，谁就滚回去！"

几个孩子又讨好地叫道：

"你两个不好！你两个不好！"

门门更生气了，骂道：

"去你娘的，臭嘴喊些什么？！"

小月只咯咯地笑着，要门门把烟灯拿到河滩去放。孩子们便蜂一般拥着他们去了。

河滩里，月光像泻了一层水银，清幽幽地醉心。门门让孩子们清理出一块平整地，就叫小月帮着，将烟灯点着。小月这才看清原来烟灯像个纸糊的瓮，里边有一根铁丝，下端系着一叠火纸剪成的圆块，蘸了煤油，放了松香。点着那火纸，烟雾和热量唿地就鼓圆了纸瓮。这时，用手严严地捂了烟灯下沿，叫声"一二！"几双手一齐托起烟灯，猛地向空中一送，那烟灯就悠悠忽忽腾上空中去，越腾越高。沙滩上就是一片雀跃。

"这能待多长时间呢？"小月问。

"那火纸不烧尽，它就会一直浮着的。"

"真有趣。"

正伸着脖子看着烟灯，忽地刮起了轻风，门门叫声"糟了"，就见烟灯顺风向大崖方向飘去了。

门门和小月就在沙滩上跑起来。孩子们也一起要去追，门门唬住了，只许他们静静坐在这儿看着，一个也不许乱跑。孩子们只好坐下来。门门和小月从水边往前跑，小月叫道：

"门门，水里也有个烟灯哩！"

门门低头一看，果然水里有一个大圆满月，也有一个红红的烟灯。

"还有两个人哩！"

"哪里？"

"你往水里看。"

小月一看，看到的却是自己，就一石头丢过去，落在门门面前的水里，溅了他一身的水。

两人就一直头看着天空跑着。天上是月辉弥漫的云的空白，地上是月辉银镀的沙的空白，他们在追着红红的散发着热光和黑烟的烟灯奔跑着。

烟灯飘到大崖前，河湾正好在这里拐了个弯，过山风忽地又顶过来，烟灯剧烈地晃动了一下，却变了方向，又极快地向大崖这边的山坡上飘去了。两个人赶忙往坡上爬，脚下的松动的石块不断地滚落到河里，发着哗啦、咕咚的响声。

"小月姐，你行吗？"

"我当然行。"

爬到山坡顶上，烟灯正好向他们头顶飘来。两个人就坐在一块大平面石头上，一边解了扣子敞着风凉快，一边盯着空中的烟灯。小月突然说：

"门门，你这次出去真的赔了？"

"赔了，把他娘的，那龙须草捆子没有扎紧，到了老鸦滩，排撞在礁石上，那草捆子就哗啦全散了，漂了一河，紧捞慢捞，一半就没有了。到荆紫关集上卖，价又跌得厉害，卖了一半，一半只倒换了几十斤全国通用粮票。"

小月说：

"我那儿有三十斤通用粮票，明日我给你吧！"

"我哪能要你的？你别看我这次赔了，要是赚上了一下子就又是几十元哩！"

"你常出门，给你就给你，我又不是耍嘴；你以为我是在巴结你吗？"

"小月姐，我怎么是那种人？"

"我爹刚才的话，你不要放心上去，他偏爱教训个人。你不知道，你一走，他就又说了一堆前朝五代的老话。我真恨我不是个男的，要不，也去风风火火干一场事哩！"

"女的怎么不能干呢？依我看，女的要能行了就比男的强得多，要不能行了，就比男子又差得远，女的是容易走两个极端的。"

"这倒有意思。那你说我呢，我是哪个极端？"

"你比我强。"

"没出息，你只会讨好儿！"

"小月姐，我盼不得叫你一块去干事哩，但我不敢。"

"害怕我爹和才才？"

"就你爹说的，我是担风险的人。或许事就干成了，或许又干不成。那岂不是害了别人？"

小月却说：

"干成干不成，你总是干哩嘛，单在那二三亩地里挖抓，能成龙变凤？我倒不在乎担什么风险，只要政策允许，能成多大的精就成多大的精，啥事不能干，啥事不是人干的？！哎，门门，我问你一件事，你得老实给我说……"

"什么事？"

"听说你一直在偷税漏税？"

"这谁说的？"

"老秦叔说的。前天税务局人来收他的税，他和人家争吵，说他干些小幺零碎的生意，税就收得这么多，门门尽干大宗买卖，为什么任事儿没有？"

"他满口喷粪！我哪一次不是主动缴税的？我有收据！明日我就让他看看，看他臭嘴里还能放出什么屁来！"

"这就好了，你明日在街面上和他把这事抖明，让村里人都知道知道。你知道吗，你名声不好哩。"

"这我知道。"

"你千万不要有个什么过错，别让人抓了你的把柄。"

"嗯。"

这当儿，那烟灯里的火纸快要烧尽了，慢慢往下落，往下落。小月从石板上跳起来，举着双手，呀！呀！兴奋得直叫。但是，又是一股风旋来，烟灯撞在了一棵柿树上，哗地腾起一团火光，烧着了。

两个人站在那里，再没有喊出声来，举着的手软软垂下来。

"这一股风真坏！"

"这是恶风！"

"妖风！"

两人想着词儿骂着，就坐在山坡上。小月感到十分累，心里气堵得难受。

"烧了罢了，咱有的是手艺，明日再做一个吧。"门门说，"也好，等于咱赏月来了，那月亮真好！"

"真好。"小月说。

门门回过头来，看着小月，月光下小月显得更是妩媚。

"小月姐，你真好看……"

"什么？"小月似乎没有听清。

"你穿上这尼龙衣真好看。"

"是不是要我再感激你？"

"我真要感激你哩！"

"感激我？"

"我真担心你今晚不会来了。"

"我说要来就要来的。"

小月说着，就动脚往山下走，一时又想起了她家的土院子里，还坐着爹和她未来的婆婆和丈夫。她走出一丈多远了，回头看见门门还待在那里，叫道：

"回吧。"

两个人走回渡口，孩子们还都坐在沙滩上。她打发门门领着孩子们先回村里去，独个儿看起月亮来，心里乱糟糟的。

十

　　门门看见小月的情绪突然变化，心里好大的疑惑。他检点着自己：什么地方得罪她了？思来想去，却得不出个所以然来。在这以后，他们又一块待过几次，每每情绪正高涨，但只要一看见才才，或者话题一提到才才，小月就黯然了。聪明的门门终于晓得了其中的窍隙，他暗自高兴着自己在小月心目中的位置和价值。这天，他又遇见了才才，他问起小月，才才回答说是病了，他大吃了一惊，忙问什么病。

　　"谁也说不清。"才才说，"这些天来，她一直神色不好，昨日一早，就睡下没起来，饭也不吃，请医生也不让请，眼圈都黑青了。"

　　才才说着，眼泪都流了出来。

"门门，你去看看她吧，你会说些故事，你多劝劝她，让她要吃饭啊！"

门门先看着才才的时候，眼里就射出一种忌妒和蔑视的光芒，听了才才一番话，心里却万分同情起他来了。他答应一定去劝劝，但已经到了小月家的门外，他却悄悄走开了。此时此刻，他深深感到了自己对不起才才，更对不起小月，自己的那种得意，原来竟使小月陷入了痛苦。夜里，躺在床上吸了一包烟，还是睡不着，就将收音机又开到了最大的音量，而不知不觉睡着了，致使收音机整整响了一夜，天明时就烧坏了。

小月又躺了一天，才才和他娘三晌又看望了几次，王和尚更是唉声叹气。当才才得知门门没有来过，当着小月的面责骂门门没有良心，说话不算话，小月却突然和才才吵起来：

"你让人家来劝什么？门门是我未婚夫吗？"

"我也是为了你好。"才才说。

"为我好？这就是你才才为我的好吗？"

"我劝你不听嘛。"

"你那么好的本事，我还不听你的？门门为什么不来？他不来，你为什么不去打他、揍他，让他知道你是才才？！"

"小月，你说的什么呀？我平白无故去打人家？要不是隔壁毛家占咱地界，我一生动过谁一指头？"

才才哭丧着脸对小月说，小月越发伤心了，抓过枕头向才才打去，自己便呜呜哭得没死没活了。

谁也劝说不下，小月只是个哭，哭声使两家人心乱糟糟的。

才才娘更是害怕，坐在院中的捶布石上补衣服，几次针捏不住，掉在地上。王和尚发起脾气，骂着："谁骂你了，谁打你了，你哭的是哪路道数？！"才才娘忙拉住，他只好钻进牛棚去，对着瘦骨嶙嶙的病牛，千声万声地咳嗽，身子就缩个团儿，咳不出那一口痰来。才才去关了院门，堵住了街坊四邻来看动静的孩子，木呆呆地站在院里，抱着头倒在一堆柴草窝里，眼泪从脸上滚下来了。

但是，好像神鬼作祟似的，小月哭过之后，到了下午，她却从床上起来了。再过一夜，她没有吃药，也没有打针，在自己小房里洗脸、梳头，走路虽然脚步儿不稳，却无论如何看不出有什么病了。

　　这突然的转变，两家人十分纳闷，又不敢问她到底是怎么回事。才才娘便回到她家去，半夜偷偷在院里烧了几张黄表。

　　过了五天，门门来过一次。以后总是隔好多天了才来，一来就总是先和王和尚或者才才说话，显得极有人情世故。王和尚和才才也正眼看得起他来，说天说地，说庄稼，说米面。小月看着他们在说着话，她立即看出门门这一切都是为着应付，似乎是在完成一件什么任务，心里也便不觉地惊叹门门的善良。

　　"他是在消除因他而引起的这个家庭痛苦？！"她就也内疚起自己对不起他了，便拿温柔的眼光看他。才才也有些奇怪，将门门的事说给他娘，他娘忙问：

　　"门门一直对小月好吗？"

"这是小月说的。"

"人是捉摸不透的肉疙瘩啊，这些天里，怎么什么都乱得一塌糊涂，小月也不像以前的小月，门门也不像以前的门门。小月无缘无故哭那一场，我心里就纳闷，门门又是这样，我心里怎么就有些慌慌的？咱不可一日有害人之心，也不可一日没有防人之意，这门门长得比你好，又有钱，嘴上又能帮衬，你要给小月说说，不敢上了这种人的当呢。"

自此，才才也真的长了一个心眼，每每等门门走了，他就要说些不三不四不恭敬的话。小月指责过他的不应该。才才说：

"我对他好，你嫌我对他好了；我不理他，你又嫌我不理他了，你这是怎么个心思？"

小月也说不清自己到底是什么心思。

到了这月月底，县上分配给了公社六台电磨机指标，公社又分配给这山窝两台。小街面上的人都想买下，但有的一时拿不出钱来，有的有钱，却没人会管理，结果一台就转让给荆紫关那边的河南人了。小月鼓动爹买下另一台，爹嫌忙不过来，反倒要赔了本；小月就又动员才才，才才又说没钱，也是拿不定主意。小月就主张和门门合买，门门当下同意了，提出钱由他掏，具体由才才经营，所得盈利，二一分作五。才才拗不过小月，勉强通过。不几天里，电磨子就安装开张了。不到一月，门门果然撒手不管，而一些熟人来磨粉，才才碍着面子不好收钱，又缠住了身子，顾不得去地里干活，月底盘账，仅仅收入了十元钱。王和尚一肚子不满，说这样下去，无利有害，若机子再出个事故，就将老本全贴上了。才才便不想再与门门使用。门门倒埋怨才才不会找赚钱的门路，坐等着村里人来磨粮食，那能磨了多少？又都碍了脸面不收钱，当然要赔本了。他自个儿跑到荆紫关去，和粮站挂上了钩，定了合同：每月承包加工五千斤小麦，一千斤苞谷。先磨了一个月，果然收入不错，但才才累得不行。门门就提出招雇一个帮手，每月付人家四十元钱。才才却吐舌头了：

"我的天，咱这是要雇长工了吗？"

门门说：

"按劳取酬，咱哪儿是剥削他了？这是国家政策允许的，你怕什么呀？我到丹江口市郊区去，人家有买了拖拉机的，司机全是雇的呢。"

才才说：

"丹江口市是丹江口市，咱这儿是咱这儿呀，咱心可不敢想得太大了。"

"咱这儿怎么啦？咱这儿不是中国啦？"

才才拿不定主意，把这事说给了王和尚。王和尚当时也吓了一跳：

"吓！这门门敢情是狼托生的？怎么敢想到这一步去？！他是在外面跑得心大了，我的天，看老牛厮尿，把小牛尻子挣扯了！这么下去，人心没个底，不知要闹到什么田地？甭说政策允许不允许，就在咱这地方，财都叫你发了，村里人不把你咬着吃了，也把你孤立起来活个独人。不该咱吃的咱不要吃，不该咱喝的咱不要喝，咱堂堂正正的人，可不敢坏了名声！我当初就不同意这事，门门是咱能靠住的人吗？他执意要这样，让他干去，咱一步一个脚印子要踏稳实。咳咳，这门门不得了，他小子是没吃过亏呢！"

才才听了王和尚的话，越发胆怯了，便打乱了门门的计划：不但坚决不雇用帮工，而且将粮站的合同缩减到一半。

谁知道这样一来，粮站竟辞退了全部的合同，和荆紫关上另一家有电磨机的河南人挂了钩。门门四处活动，提着烟酒，又摆了几桌饭菜，重新去交涉、订合同，结果花销了四五十元，仍毫无效果，一气之下，他和才才红着脸大吵了一顿。合作不成了，小月气得哭了一场，去给门门说好话，门门说：

"算了，我和才才合不来呢。"

"叫你们合作，就是想让你承携他哩嘛！"

门门说：

"小月姐，我哪儿敢要承携他哩？挣钱多少，我倒无所谓，可他老防着我，总害怕我把他引坏了，我何必让人家受这种折磨呢？我门门也不是见崖就跳的人，我是胡来吗？这么大个村子，为什么只有我门门一个人订了《人民日报》，我就害怕我走错路，可我哪一点犯了政策了，我竟让人这么猜疑我？！"

门门说着，眼里竟有了泪水。

小月再不劝说门门了，倒凶狠狠地说：

"门门，就照你的主意来，散伙好了！有箍盆子箍碗的，没有箍人的，才才不听我的，我也算把心尽到了。你自个儿去闯荡你的吧！"

结果，电磨机就转卖给了老秦。老秦并未安装，却转手出卖给了外公社一个人，从中净落了六十元钱。门门和才才也各自怨恨，裂痕越发加大，从此更没有了共同语言。

这时期，汇居在这条石板铺成的小街面上的三省社员，以各自大队的名义出面，联合召开了几次会议，针对夏季受旱的教训，决定要联合修复山窝后的水渠和渡槽。

因为地分到户，便要求各家一起筹款，一起出劳力。才才和王和尚就作为第一批劳力到十里外的工地上去了。

小月留在家里，整日在渡口上忙活，吃饭的时候才回去胡乱地凑合。那头病牛，苦得才才娘一天几次过来添料饮水，拌草垫圈。

这一天，雨下得很大，小月收了船，在家里歪到炕上看书。门门来了。坐在炕沿上对她说：

"小月姐，有件事我想请你出主意哩。"

小月倒笑了，说：

"请我出主意？你真会说话！"

门门说：

"真的，小月姐，我心里可乱成一团糟了。我本来不想来找你……"

"我是老虎呵，你还吓得敢找我？"

"这叫我怎么说呢？我真恨不得变成一只喜鹊，也住在那梧桐树上，天天能看着你，可……"

"怕才才？"

"我不怕他，我怕你。"

"怕我，我啥时恶过你了？"

"我怕你再得病……"

小月顿时心咚咚跳起来。

"贫嘴！"

她说过这么一句，却低了头，连气儿都出得细了。

"门门，到底是什么事呢？"

"是这样的，老秦叔昨日对我说，他有一个外甥女，蛮不错的，要给我介绍。你说怎么办呢？"

小月似乎吃了一惊。在这一刻钟之前，她从来没有想过门门会有一天要订婚的！她看着门门，闭合了眼睛，心里想：是的，门门要订婚了，他真的要订婚了，在他面前，有多少姑娘在准备着抢走他了！今后，都有了家，更不能常在一起说话了。

但她却很快冷静下来，看不出一点意外的表情，说：

"这是你的事，你拿主意吧。"

"我不大愿意。"

"不愿意？"

"我想我是不会爱她的。"

"那你？……"

"我……"

两个人默默地看着，出现了难堪的冷场。窗外的雨下得更大，雨点打在院角的梧桐树上，响着烦嚣而又单调的噪音。

"门门，"小月说话了，"这是你的事，你决定哩。"

门门痛苦地站起来，说：

"你还有什么话吗？"

"没有了，还是那句话：你拿主意。"

门门走到了门口，说：

"我走啦！"

"走啦！"

门门从屋檐下钻进了雨际，头上、身上立即湿淋淋的了。院子里的水潭上，出现着无数的水泡。凸了，破了，再凸了，再破了，一层神秘莫测的变化。雨越下越大。

第三天，小月得到了消息：门门要和那个秦家的外甥女相亲了。小月正吃着饭，筷子突然停住了，冲进屋里，一腔的怒火，看见什么也不顺眼；病牛在牛棚里叫着，叫得是那么难听，她走过去，拿拌料棍对着牛头狠狠磕打，骂道："让你叫！让你叫！"

她饭没吃完，就恹恹地来到渡口，闷坐在小船。这当儿，老秦叔在河对岸喊船，等船撑过去，老秦叔身后还站着一位漂亮的姑娘，她当下心里就别别地跳："这一定是老秦叔的外甥女了，她真的就来了呢！"老秦叔一步跳上船来，那姑娘却试了几次，没有敢跳。老秦叔便使劲把船往岸头靠，叫着："不要怕，用力跳！"那姑娘越发窘得一脸通红。末了，还是小月把竹篙伸过去让那姑娘抓了，连拉带扯地接到船上。一上船，那姑娘悄没声儿地笑笑，就坐在船舱里一动不动了。她长着一副瓜子脸，白皮嫩肉的。一双水色大眼，笑的时候，那细细的眉毛就飞扬开来；一笑过，眼皮低下去，双眼皮的皱褶就显得特别宽。上身穿着一件粉红衫子，下身是一条深黑色裤子，鞋光袜净，那领口、那袖口都紧紧地扣了扣子，包裹得不露出一点肉来，身后垂一根长蛇似的辫子。

老秦叔一脸得意，站在船头解开衣服敞风，对小月说："小月，你还不认识我这外甥女吧！娟儿，这就是小月，一个村的。"

小月"嗯"了一声，见那女子又是一笑。

"小月，我这外甥女好吗？"

小月点着头，将竹篙咚的一声插在船尾下的水里，船忽地冲出了一截。小月撑上一篙，又忍不住拿眼儿去看那姑娘，不想两人目光就相碰了，小月没有动，那姑娘却忙低了脸儿。小月在心里说：真是个好女子！人才儿，脾性儿，好像都是哪本书上描写过的。她今日果真就去门门家相亲吗？

等船撑到岸，老秦叔和那姑娘走了，她又呆呆地瞧了好一会儿那姑娘的背影。

中午，小月回到家里，特意穿上门门送的那件白尼龙高领衫，又重新梳了头，想："去门门家，看看门门怎么相亲的！"但心里又想："那姑娘回去，门门一定是要送的，他们少不了还要再坐我的船呢。"

果然，吃过中午饭，门门送那姑娘去过河，小月为他们撑船。门门并不和那姑娘坐在一起，一个在船尾，一个在船头。那姑娘几次想说些什么，都没有张口，只是假装着看起河水出神。门门呆呆地看一会儿那姑娘，又呆呆地看一会儿小月，注意到小月换了那件高领衫。小月也觉得气氛有些压抑了，想寻着趣话儿逗逗，一时又寻不出个词儿。船载着三个尴尬人儿，汩汩地向前移动。

船到了彼岸，那姑娘跳下去，向门门告别，门门回应着，又默默地回到船上，让小月渡回村。

谁也没有想到，门门竟没看中那姑娘。

老秦不可思议，就把门门臭骂了一通，问：

"人家是走没走相，还是坐没坐相？是鼻子没长到地方，还是眼睛斜了小了？"

"长得确实好。"

"那你为什么要来这一下？"

"配不上。"

"她配不上你呀？"

"我说的是互相配不上。她要像小月就好了。"

"说这话就该罚你一辈子打光棍！吃了五谷想六味，这山看着那山高！哼，你小子没吃过没老婆的苦头呢，等到时候了，揭起尾巴是个母的，你都想要哩！"

门门并没有生气，笑吟吟的，倒给老秦鞠了个躬。

第二天一早，他竟背了粮袋和铺盖到抽水站工地去了。

十一

门门到抽水站工地后，是和王和尚住在一个邻近的农民家里的，因为才才干什么都踏实认真，他夜里就睡在工地上的油毛毡棚里看管一切工具。吃饭是所有人在一个大灶，各人交粮发票，按票付饭。门门干过十天，所带的粮就完了，告假回家取粮时，王和尚让门门顺便到他家去也捎些苞谷糁子来。门门赶回来，正是中午，对小月一说，小月着急了。

"哎呀，家里的糁子正好吃完了，牛还病着，我一个人怎么推得了石磨？"

门门说：

"正好我下午也要去磨粮，咱一块到荆紫关那家电磨坊去。"

两人吃罢饭，小月撑了两趟船，就在东岸系了缆绳，背着粮食去加工。磨坊的主人是认识门门的，知道门门懂机器，就走开了。磨坊是一座很简陋的草房子，墙头上、屋梁上，落着厚厚的一层白粉。一扇小小的门一关，呜呜呜的机器声，使他们听不见外边的任何响动，外边也听不到里边的声音。门门负责上下加料，小月在一边筛。因为相互说话要提高声音，很是费力，也就一句话也没有讲。磨完了门门的麦子，又换了机子磨碎了小月的苞谷。主人还没有来，他们就关了机子，蹲在磨坊的木墩上说些话儿。

"门门，工地上累吗？"

"累得很。"

"你是跑惯了的人，在那儿吃得消？"

"我故意找最累的活干哩，出力的时候，不可能想别的事情，夜里睡下了，一挨上枕头就瞌睡了。"

"噢，你倒真有福。我还以为你整天在那儿骂我哩。"

"小月姐，今日没人，我就给你说了，在工地上，一挨上枕头睡是睡着了，可夜里老做着梦，我害怕梦里叫喊些什么，被你爹听见，每早起来都要看你爹的脸。"

"这么玄乎？做什么梦了？"

"我在梦里真个恨过你，和你打架，用牙咬你，将你咬得血长流，我又吓得大哭。"

小月低了眉眼，看着从门口跳进来的一群麻雀，在那里觅食，她抓了一把糁子撒过去，麻雀却轰地一飞而去了。

"小月姐，"门门又说了，"咱一块长这么大，你评评我门门，我是个坏人吗？"

"是个坏人。"

"坏人？！"

"是个好坏人。"

小月说罢，自己倒噗地笑了。门门也赔了笑脸。

"我是个好人，也是个坏人。我命太苦，我爱着你，甚至想过：只要你叫我去杀人，我真可以去杀人的。但我却只能给才才赔笑脸，因为他是你所爱的人。老秦叔给我找的那个姑娘，是我先答应人家的，让人家到我家来的，她长得很美，性子也温柔，但我不喜欢这种美。我把你俩做了比较，我无论如何不能要她了。我对不住那女子，也对不住老秦叔，村里人都在骂我，我知道我这一辈子是没有好日子过哩。"

小月一直听门门说着，心里沉沉地难受，她说：

"门门，都是我不好，我不该那天穿着你送的高领衫去摆渡。听说你和那女子的事吹了，我深感到了我的罪恶，要去给你赔情，你却走了。十多天里，说老实话，我倒夜夜睡不稳，鸡啼时坐起来，眼睁睁守到天亮。"

门门坐在那里，眼泪唰地流下来，落在面前的面筐里，溅出了几股面尘儿。

小月把手巾递给他擦泪，门门将手巾和一只细软软的白手一块接住了，使劲地握了一下。小月身子微微颤了一下，并没有说话，站起身，端了粮食袋子走出了磨坊。门门跟着也扛了粮袋，随在小月的后边，去向主人说了一声，就走向河里，渡了河，进了村，到了小月家的门口，一直无话。

　　"你几时到工地去？"小月开着门上的锁，开了好久，开开了，说。

　　"明日一早。"

　　"夜里我将糁子装好，明日走时你来取吧。"

　　"嗯。"

　　"进屋坐会儿吧。"

　　"不啦。"

　　"坐会儿吧。"

　　门门迟迟疑疑地走进了院子。才才娘已经来喂过牛了，牛拴在梧桐树下，瘦得越发肋骨历历可数。小月让门门在屋里坐了，两人又说了一通话，小月开始有了笑脸。小月的笑脸是感染人的，门门也活泛了起来。阳光从台阶上洒下后，慢慢移到了门道外，屋子里暗起来了。门门站起来要走，小月一定要搭梯子到牛棚顶上去取几个软柿子让门门拿去吃。在这村里，只有小月家有一棵"社柳黄"柿子，柿子个儿不大，特别香甜，每年王和尚都架在牛棚顶上的苞谷秆里，一直可保存到来年的春上。门门见小月一片诚意，自己便上去捏了几个顶软的吃了。从梯子往下跳的时候，梯子上的一颗钉子刺啦将右肩的衫子拉开了一个三角口。

"毛手毛脚！"小月骂了一句，就要门门脱下缝缝。门门不好意思脱了衫子露着光膀子，小月就让他站着，拿针近去随身缝。缝了两针，小月弯腰从地上捡了个麦草秸，要门门叼在嘴唇上。门门不叼。

"叼上！站着缝衣服，不叼个草秸儿，将来娶下媳妇是个母老虎哩！"

"母老虎好，那就管住我了。"

"不嫌羞！"

"小月姐！"

"嗯。"

"你就是个老虎哩！"

小月用针扎了他一下。门门哎呀一声，一趔趄，线也断了。小月连忙看是不是扎得过火了，门门却突然在小

146

月的嘴上亲了一口，慌乱地跳出门，扛了粮袋一溜烟地跑掉了。

小月冷不丁地呆在那里，明白了怎么回事时，心扑扑通通地跳得更厉害了。她低声骂了一声门门，但不敢出大声，心里叫道：这坏门门，这坏门门！

走回屋里来，嘴唇上总觉得热辣辣的，有一种异样的感觉，用手摸摸，竟摸下那根麦草秸来。

这天夜里，才才也回来了。前几天落过一场雨，他瞧见那里的地里，麦已经出苗了，就一心惦念着自己的那三四亩地苗是不是出齐了，苗出得匀吗，会不会发了黄，更担心的是毛家是否又再占了那地界犁沟。这么胡思乱想，就连给王和尚也没有打招呼，偷偷跑回来了。连夜赶到地里，见麦苗出得很好，地界依然未动，心里便踏实，一早起来又挑了尿桶，担了尿水泼起麦来。

小月早晨将捎给爹的糁子交给了门门，刚刚送他走了，返回小街口，正好遇见了才才。

"你送谁去了？"才才问。

"门门。他回来取粮的，给我爹也捎了糁子。你什么时候回来的？"

"昨日夜里。"

"办什么事吗？"

"回来看看麦苗，我泼了一层尿水。"

"我怎么没听门门说你要回来？"

"我偷着回来的。"

小月就一肚子气。两人到了才才家，小月就又对才才娘叙说才才不应该偷偷回来：谁家没个地？这么一走，别人会是什么看法？才才答应中午就回工地去。

到了中午，小月一个人在船上待着，才才又跑来了。

"你怎么还在家里？"

"我有话想跟你谈谈。"

才才从来还没有对小月说过这样的话，心里气也消了许多，就说：

"你还知道有话跟我说？什么事，你说吧。"

"我娘叫你哩！"

"又是你娘！我不听，你走吧！"

才才噎得说不成了，冷了好长时间，说：

"小月，这话我老早想提醒你，但又不敢，这次到工地，我听了好多风言风语……"

"说我的坏话吗？"

"不是说你，说的是门门，都议论门门不要了老秦叔的外甥女，是叫你看花了眼。"

"还说什么了？"

"都说让你不要理他。"

"街坊四邻的，我做什么高官了，不理人家？"

"都说你心软，你对他太好了。"

小月吃了一惊，她想起了昨天傍晚的事，耳朵下点起了两块红，但随即就故作镇静地笑了。

"才才，我给你说，我就是对他好。"

她定定地看着才才，看看才才的反应，她希望他脸色变红，变白，勃然大怒，痛骂她一顿，压住她在船上打一顿。但是，才才却说：

149

"我跟你说的是正经话，你却当儿戏要笑哩。"

小月做好了一切突变的准备，要等他发怒逼问起来后，向他坦白自己的过错。但才才只是如此而已，他为了一条犁沟可以与人打架，但为了爱情却不能。这使她一下子心身垮下来，趴在了船帮上。

"才才，要是别人欺负我，你会怎样？"

"别人是不敢的。"

"要是敢呢？"

"你也不会怎样的。"

"我要怎样了呢？"

"我不愿意听这种耍话。"

"窝囊废！"

小月突然骂了一句。

才才又站了起来，跳下船要帮着系绳，一边问牛怎么样了，叮咛草要铡碎，土要常垫，小月却撑着船汩汩地到河心去了。

十二

　　牛病得越来越重了，几乎已不能再吃再喝。才才娘也发了急，将老秦请来医治，老秦查看了厚厚一本药书，突然叫道：

　　"小月呀，活该你们家要发财了呢！"

　　小月阴了脸说：

　　"别人都愁死了，老秦叔还说笑话！"

　　老秦说：

　　"这妮子，叔什么时候和你们做晚辈的要笑了？这牛肚里是有了牛黄呢。"

　　"牛黄？"

　　"一两牛黄是二百四十元哩，看牛的样子，这牛黄是不会小的，价钱会值这两头牛的本身哩，这还不是喜吗？"

小月赶忙给爹捎书带信，让他回来。王和尚一到家，听小月喜眉笑脸地说了牛黄的事，老汉却呜地抱着头哭了。小月吓了一跳，忙说：

"老秦叔说，这是好事，让咱早早将牛杀了，牛黄、牛肉就可以卖好多钱哩。"

王和尚骂道：

"他姓秦的是见钱没命的人，我王和尚就那么想发牛的财吗？这牛跟了咱两年，我珍贵得当一口人看待，谁能想到它就有了牛黄？牛黄是牛得了结石病，唉唉，我精心喂养它，却使它得了这病，我还忍心就宰了它吗？"

瞧爹悲伤的样子，小月也感动了，也奇怪世上的事偏这么矛盾：你往往真心要成事，事偏偏成不了。爹日日夜夜牵挂着牛，牛却就在他手里瘦得皮包骨头，又要早早死去！

王和尚坚决不宰牛，将牛拉到十里外的公社兽医站去求医，牛医怨怪为什么不早早给牛看，王和尚流着老泪大骂老秦不懂装懂，耽误了牛的性命。结果，第五天夜里，牛就忽然倒在地上死了。

牛一死，王和尚放声哭了整整一夜一天，坐在牛的身边拉不起来。才才闻讯赶回来，好说好劝了王和尚，就和村里人将牛抬出去剥了。牛黄果真不少，共是一两六钱。牛肉却很少，仅仅割了六十斤正肉。王和尚流着泪将牛皮钉在山墙上，却不允许家里人吃一口牛肉。他不停地捶胸顿足：是我害了这牛，是我害了这牛！

才才和小月把牛肉拿到荆紫关街上卖了，卖到最后十斤，买主正好是他们早年的陆老师，陆老师听说了他们订婚的事，很是说了一番吉庆话，硬拉他们到学校去坐坐。

在陆老师的房里，两个人都觉得很热，就都脱了外衣，小月穿着那件高领白色尼龙衣，显得亭亭玉立。陆老师说：

"小月出脱得越发俊样了！这件尼龙衫活该造下是你穿的，这就是门门在丹江口市给你买下的那件吧？"

小月一直在笑着，忽地红了脸，口里讷讷起来；才才目瞪口呆，说了一声：

"门门买的？"

陆老师并未看出他们的面部表情，只管说：

"门门买的时候，我还怨门门买得太时髦了，怕你不会穿呢，没想穿起来这么好，真是人是衣服马是鞍，外人见了，还真不能相信你是本地人哩！"

小月恨陆老师说得太多了，太多了！她不敢看才才的黑脸，忙岔开陆老师的话，说了几句学校里的事，就匆匆向老师告别了。

一到船上，才才就说：

"小月，陆老师说的都是真的吗？"

小月说：

"真的。"

"那你为什么哄我，说是你买的。"

"为什么要给你说呢？"

小月一转身，拿着篙去了船头，使尽力气地插入水中，竹篙、身子在木船上组合成斜斜的几乎与木船要平行的三十度夹角。话一句不说，气一口不出，船汩汩地往前疾行。身子慢慢地直立起来，竹篙还是插在原地，开始直立，又开始向后，夹角九十度、六十度、三十度，木船似乎要走了，人和竹篙要掉在水里了；猛地一收，又跳到船头，再插篙，再组合斜斜的几乎与木船平行的夹角，反复不已，雕塑着力的系列的形象。"为什么要给你说呢？"她的口气很硬，显示着一种不容置问的神气，但她的心里却是这么慌呀！她是在年轻男人的目光中度着青春的最佳时期，她自信地主宰着才才、门门，还有许许多多年轻男人的精神的，但这次说过这一句，就没有勇气和力量去看才才的眼睛了。"我是你的未婚丈夫！"才才只要说出这一句话，她的防御之线就会立即全然崩溃了。她害怕才才会这样向她进攻，同时又一次希冀着才才能这样向她进攻，一下子逼出她一副强硬气势后边的虚弱、羞耻、后悔的女儿的心来。但是才才站在那里，浑身抖着，回答不上她的那句以攻为守的话，而只是冲着不在跟前的门门叫道：

"他为什么要给你衣服？门门，流氓，流氓！你这不要脸的流氓坏子！"

看来，才才到底不敢向她失色变脸。她直起腰来，将竹篙哗地横丢在木船上，说：

"你不要这样骂他，一件衣服够得上是流氓吗？要错应该是我的错，骂人家起什么作用？"

"我就骂了！流氓！流氓！"

小月坐在船尾冷冷地笑了。

才才又骂了一声，抬头看河岸上，有三个人远远在沙滩上走过，他立即噤却了口舌。木船失去了撑划，停在中流，很快斜了身子往下漂去。那拉紧在河面上的铁索，就成了一个弓形，船被牵制了，像是一条钩了钩而挣扎的鱼。他气愤地问道：

"他给了你衣服，你给了他什么？"

"给个没有。"

"没有？"才才说，"我盼着是没有，可他这个流

156

氓，能白白给你衣服吗？"

"你这是在审讯我吗？我告诉你，你不要胡思乱想，我小月还不至于就能做出什么事来。他对我好，这我也是向你说过的，我没有理由拒绝人家对我的好。"

"你再说，你往下说啊……"

"完了。"

才才阴沉着一张痛苦的脸，摇头了。

"小月，我这阵心里乱极了，我真盼望门门是外地的一个流氓，是一个过路的无恶不作的流氓，可他偏偏就在咱村，偏偏抬头不见低头见……"

"我小月心里还没有背叛你。"

"那你听我的，你不要理他，永远不要理他。"

"你要把我什么都管住吗？我问你，你听我的话了吗？你哪一次倒是听了我的话？！你想过没有，门门为什么要给我送衣服，我为什么就接了人家的衣服？你现在这么发凶，你是给谁发凶？给谁，嗯？"

小月说着，长久压在心里的怨恨一下子又泛了上来，恢复了以往那种统治者的地位。才才抱着脑袋，哎地叫了一声，就趴在船舱里，呜呜地哭起来了。

小月静静地看着，心里一时却充满了一种鄙夷的感情，后悔刚才跟他说了那么多心底话。站起来，极快地将船撑到岸边，系了缆绳，说：

"哼，多有本事！你在这儿哭吧，打吧，多伟大的男子汉！"

拂袖而走了。

天已经黑了，月亮从山峁上爬出来，并不亮，却红得像害了伤风的病人脸。才才娘将晚饭做好，满满在大海碗里盛了，已经在锅台上放凉了，才才还没有回来。她又去喂猪，唠唠叨叨一边拌食一边跟猪说着话，耳朵却逮着院外的脚步声，不知怎么，心里觉得慌慌的。

当小月到家的时候，王和尚已经吃罢了饭，叫小月快去吃，小月却一句话也没有说，就进了她的小房里。他也懒得再叫，抄着手出门走了。牛一死，使他一下子苍老了许多，不想出门，可睡在土炕上眼睛却合不上，牛的影子老在眼前晃动。天黑些了，到村外没人的地方去转转吧，可不知不觉就转到老毛家的牛栏边去了。那几头大象一般的高大的黄牛还拴在土场上，或立或卧，他就忍不住蹴近去，抓一把草喂着，牛嚼草的声音是多么中听的音乐啊！粗大的鼻孔里喷出来的热气，已经湿润了他的胳膊，那牛舌头舔在手心，一种舒坦得极度的酥痒就一直到了他的心上。突然间，老泪叭叭地落下来。

一直到老毛的媳妇大声开门，叫嚷要牵牛进栏了，他才赶忙猫了身，从那边矮墙头下溜走了。

他趿着鞋，扑沓扑沓走到才才的院门口，才才娘丢了魂似的，正倚着门扇向外瞧着。她赶忙招呼亲家进去，口里说着去倒茶，但拿出了茶碗，却忘了提水壶，水倒下了，才又发觉还没有放茶叶。

"你怎么啦？"王和尚说。

"他伯，才才怎么还没有回来，我怎么心里慌慌的？"

"小月早回去了，他一定又去地里了，这才才，一到地里也就丢了魂了。"

正说着，才才却回来了，谁也没有理会，一声不吭就钻到炕上去。两个老人一脸的疑惑，才才娘跟进去用手摸摸他的额头，以为是病了，却摸出一手的泪水，便抱住儿子问怎么啦。才才哇地哭了。王和尚也跑进来，越是逼问，才才越是哭得伤心，王和尚就火了：

"你哭什么呀？你没长嘴吗？你还要我们给你下跪吗？！"

才才将发生的事说了一遍，才才娘靠在界壁墙就不动了。王和尚打了个趔趄，脸上像是有人扇了一巴掌一样火辣辣地烧着疼。他开门走掉了，走到院里，撞在桃树上，鞋掉了，提起来，踉踉跄跄往回跑。才才和他娘出来喊他，他像聋了一般。

小月的小房里亮着灯。门已经关了，王和尚喊了三声，没有回应，一脚便把小房门踹开了，指着脱了外套正呆坐在炕沿的小月破口大骂：

"你个贼东西干出这么好的事啊！你叫我这老脸往哪里放呀？家里这么不安宁，原来是你这没皮没脸的带了邪气！你那么想穿衣服，你是没有吗？你把先人就这么个亏啊！"

小月看着爹，没有言语。

"你给我说！你给我说你干了些什么丑事！"

小月从炕沿上溜下来，胸部一起一伏，说：

"既然你全知道了，你问我干啥？说也说不清，你看怎么办？"

"好你个不要脸的！"

王和尚一把揪住了小月的尼龙衣高领，猛地一搡，小月踉跄着跌在后墙根上，尼龙衣撕烂了。

才才和他娘赶了来，门口已经有人在听动静，忙砰地关了院门。才才娘就用头把王和尚顶出了小房门，小月哇的一声哭起早死的娘来了。

屋里一起哭声，院门外的人就越拥越多，三三两两趴在墙头上往里看。王和尚心里一阵搅疼，抄了锨把又要扑进去打，才才一下子跪在岳丈的面前，说：

"大伯，你不要打她了，我求求你，你心里不好受，你不要生气啊！"

王和尚拉着才才，老泪纵横，拍着手走到院里，突然扑在山墙上钉着的那张老牛皮上，一双青筋累累的枯手死死抠着牛皮，悲声大放。

"啊啊，我怎么这样苦命啊！我死了牛。我在人面前直不起了腰，牛是我害的啊，好好的牛，怎么到我手里就死了，它得了结石，我只说牛吃了草就会长膘，怎么会想到牛吃了草还能结了石头？

"啊啊，小月，小月，你来把你爹杀了啊！我受寡把你拉扯大，你就这样报应我吗？冤家，冤家呀，你让我也得了结石，你来把我这脸上的老皮剥了，也钉在这墙上吧，我怎么见人啊，我还有什么脸面到人面前去呀？！"

他使劲地拿头在牛皮上撞，浑身痉挛，哭一阵牛哭一阵他，骂一声小月骂一声自己，末了就抓着牛皮倒下去，抱成一团，呼天抢地。才才又赶过来，替他摸着胸口，王和尚又语无伦次地哭叫起来：

"才才，你打你无能的伯吧，是伯害了我娃啊，啊啊，伯不是人，伯对不住你，伯没有把牛养好，伯没有教管好她，唉嗨嗨，都怪我啊，都怪我啊！"

才才也流下了眼泪，说：

"是怪我，伯，怪我啊！"

十三

好事不出门，丑事传千里。王家的风波，山窝子里的人都在议论。他们凭着自己一贯的立场、观点，作出不同的结论，有向东的，也有向西的，说什么话的都有。小月三天没有出门，丹江河渡口就从此不再开船，过路行人，有紧急之事，赤身蹚水；无紧急之事，便绕道走那湾后的吊桥了。

河面上安安静静起来，大崖上的石洞里，鸽子可以一直飞过来；水光波影的投映，现了，逝了，永远按着它的规律反复变幻；小船用粗粗的铁索系在西岸的树根上，早晨顺潮而起，夜里顺潮而伏，一堆一堆碎木杂草，水尘浪沫，集在船尾，夜里一阵风起，方位横横地斜了；那些黑色的、闪着红色尾巴的水鸟安然落栖在拉紧在河上空的铁索上，一动不动，像是铁索上打下的结。

门门还不知道这事。

工地上，正发愁着急用一批木料，但是，因为是三省的三个队合办的工程，各省的所在县都借口不是纯粹本省利益而互相推诿，不给批木料指标。工地上猴急了，四处想门路，老秦就毛遂自荐，说丹江上游的韩家湾公社文书是他的小舅子，小舅子的丈人是商君县林业局长，只要他去走通，二十多方木料是打了保票了。工地上的人都喜欢得不得了，老秦却提出条件：一是必须送礼，烟要好烟，陕西省名牌"金丝猴"五条，酒要名酒，丹江口市的玫瑰果酒五瓶；二是必须全包他的吃住花费，还要每天一元二的补助。众人都骂他黑了心，但是又没有办法，只好咬咬牙答应了他。临出发的时候，老秦却把门门叫去，要门门去问问小月能不能把那些牛黄卖给他，他可以带到山里去倒换些东西。门门当场碰了他一鼻子灰。老秦落个没趣，就又打问说：

"门门，你消息多，那一带老鼠多吗？"

"又去卖那些假老鼠药？你是去买木料，还是去做生意啊？"

"顺路嘛！钱还嫌多吗？"

"怪不得你断子绝孙！"

"你当我不会生儿子吗？我第三个娃应该是个儿子，让'计划'了嘛！你他娘的，连个媳妇还没有呢！"

老秦走了，门门受了一场奚落，心里就想起了小月。谋算着请假回村一趟，一可以给工地灶上买些牛肉来吃，还可以再见见小月。那天在院子里发生的事，一想起来心里就止不住泛出一阵得意和幸福，每天夜里，他都要做些不想醒，但醒来又要重新温习一番而常常陷入空落的美梦。她对那事反应怎样呢？是从此更亲近他，还是嫌他轻狂？

可是，第二天里，村子里的风声就传到了工地。中午去灶上吃饭，炊事员们见了他，都拿着白眼睛看他，他说了几句俏皮话，竟没有一个接茬的。一群姑娘们蹲在油毛毡棚后的小溪里洗手，叽叽咕咕说着什么，一边就喊

"一二——流氓！""一二——流氓！"他抬头看时，喊声就噤了，才一掉头，喊声又起。

端了饭回到房东家，自己的铺盖已经被人撂到门外，房东老太正在门前的麦田里撒草木灰，一见他，身子就要倒下去，瘪瘪的嘴抖抖地颤着，说不出话来。他吃了一惊，放下碗去扶住老人问怎么啦，拿过篮子帮着撒起灰来，灰扬上去，却落了他一身，眼也涩得看不见了。老人说：

"门门，你这没德行小子，兔都不吃窝边草，你把咱河南人的脸面丢尽了！到现在了你还这么大胆，你不怕王和尚和才才来倒了你那一罐子血吗？"

门门详细问了情况，惊得嘴不能合起来。他第一个念头是对不起小月，没想到会有这么严重的后果，而一切又都来得这么疾速和突然。就说：

"是我害了小月，小月冤枉啊！我要把话说明，我要去见小月，我去给才才说……"

老人一指头点在他的额上：

"你想得倒好！刚才陕西几个人找过你一趟，将铺盖都给你撂出来了，听说湖北、河南的一些人也嚷着要教训你，你还想去见小月？这架势有你门门好事吗？你听我说，快出去躲上几天，避避这阵风头。"

门门站在那里，眼泪无声地流下来，没有了主意，足足呆了十分钟，咬咬牙子，从屋后的山包上跑走了。

他无目的地跑着，脑子乱极了，不知道应该到什么地方去。山包上的路那么细，那么弯，一会儿在山顶，一会儿在沟底，末了就延伸到丹江河畔上了。路面上的石头越发多起来，常常像刀子一样斜立着，那些狼牙刺、蓑草在两边长得密密麻麻，不是滑倒了，就是挂撕了裤腿。他平生第一次受到了失败，失败使他比一般人五倍十倍地狼狈不堪。他大声呼叫着，但自己也听不出来呼叫些什么，为什么要呼叫，头像爆炸了一般地疼。

天黑的时候，他跑到一个叫月亮湾的村子。村子坐落在河的南岸，丹江河水和从北边下来的流沙河在这里相汇，相汇的西北那个三角地上，兀自突出了一个山嘴。山嘴上有一棵独独的药树，树下一座八角翘檐的小庙，而从庙接连的山嘴脊上过去，那顶端上竟突起一个下小上大的石台，如一个老式灯座：这就是丹江河上远近闻名的王母娘娘梳洗楼了。和梳洗楼遥遥相望的村子，依山势而筑，或高或低，或左或右，分散中却有着联络，恰到好处。每一人家，房屋矮矮的，前墙和后墙极短，山墙却特高特高，屋顶几乎是直立的锥形了。门后都有一丛不疏不密的青竹，门前木棍又立栽成一道篱笆。三三两两刚从陡得站不住脚的巴掌田里回来的人，端着比脑袋还大的瓷碗扒着糊汤吃。这是最苦焦的地方，却是全丹江河风光最美的去处。门门在一块石头上坐下来，就抬头往村后的黑石崖上去看那个石月亮了——黑石崖上凹进一个坑去，呈现着不可思议的白色，那白坑的两角弯弯上翘，活脱脱一个上弦月嵌在那里。啊，月亮湾，这美丽的月亮，是它陪伴着门门到了这里照着他的身，照着他的心呢，还是这可恶的黑石崖镇压、囚禁住了它，使它变成了一块冰冰冷冷的月亮的石？

河那边的岸头，竹林下横着一只小船，却总不见撑过来。竹林里谁在吹箫，箫吹的很柔的曲子，音韵清幽。门门不觉掉下几滴眼泪，心想自己怎么就落到这种绝境呢？

"喂！——摆渡哟！——"

他大声叫喊着。箫声停了，竹林里跑出三四个人扬着手和他对话，河水的响声很大，好容易双方说清了，小船撑了过来。

这船又破又烂，一看见三四个小伙在船头船尾奋力划动，门门就想起了小月和小月的那只木船。他没心思和这些人攀谈，只抱了头呆呆地坐着。

"荆紫关的？"一个男人问他了。

"不是，"他说，"荆紫关对面村子的。"

"是住小月的那个村子？"

"你怎么知道小月？"门门吓了一跳。

"怎么不知道，这丹江河上下谁不知人才尖儿小月？你们那村子，是出美人的地方。"

门门苦笑了笑。

"出美人，也出坏人。"

"坏人？"门门心又惊了。

"你认识一个姓秦的卖老鼠药的人吗？他娘的不是个玩意儿，拿着砖头面儿充药，一张嘴真怀疑不是肉长的，说得水能点上灯！骗钱骗得昏头了，竟敢破坏计划生育了！"

"破坏计划生育？"

"可不，他说他能医人病治牛疾，善劁猪会阉狗，竟然给一些没出息的娘们动手取节育环来了！"

"啊！"门门叫了起来，"这是犯法的事呀，他人呢？"

"被大队扣起来了，送到公社去了，县上还要来人呢。"

门门心里叫了苦：老秦叔啊老秦叔，工地上叫你来买木料，你竟干这勾当！

到梳洗楼只有山嘴后一条小路可以上去，门门转过山嘴，使他吃惊的是那里竟有了新盖的房子，而且将小路的进口全然包围在一个大院落里了。院门开着，一院子堆满了什么东西，上边用帆布苫着，四五个人坐在一张竹席上说话。站在院子里，听得见山嘴后的平坝子里的又一处村子里狗在一声一声吠着。他说明了来意，那些人就安排他在西屋歇下。

门门躺在床上，却怎么也睡不着，他想起这个时候，那村口的渡口上又该是一片银白世界，野鸽在飞着，小船在撑着……可现在，小月还能撑船吗？王和尚和才才打过小月吗？他后悔极了：我为什么就要跑了呢？这一跑，工地上人怎么议论？村里人又怎么议论？自己跑了就跑了，可小月又会受到什么压力？她还能无拘无束地说、笑，大声地唱歌吗？我为什么不回去安慰安慰她呢？无能啊，无能！他又想：唉，这一下变成万人恨了；万人恨就万人恨，但从此却不能再和小月在一起了，接触有人提防，说话被人猜疑，这是多么痛苦啊！翻来覆去，那床就咯吱咯吱响，他坐起来，推开窗子，让风吹进来，同时却闻到了一股发酸的气味，又听见那四五个人还坐在竹席上唉声叹气：

"他娘的，商君县轻工局头头是吃冤枉的，连个酒厂也办不了，叫咱这五六千元就这么完了吗？"

门门一打问，原来这个大队粮食过不了关，就发动社员搞副业，在这里修了收缴站，收缴了三万多斤猕猴桃，准备出售给商君县酒厂。但酒厂因亏损厉害，质量又不过关，在关停并转中不办了，结果这三万斤猕猴桃就窝在这里，眼睁睁看着要腐烂掉。

"那快再寻门路呀！"门门说。

"哪儿有门路？大队已经放了话，谁要能将这三万斤推销出去，可以提成百分之五，还可以把准备盖收购站的二十多方木料指标给谁，可到哪儿去推销呢？他娘的，狗没逮住，倒让狗连铁绳也带走了！"

门门低头不语了，想到工地上不是正缺木料吗，老秦已经自身难保，还能搞来吗？……但是，这猕猴桃，三万多斤，往哪儿推销呢？他突然想起一件事：上次去丹江口市，那里的大酒厂不是在郊区到处贴着大量收购山桃、野杏、葡萄、木梨、猕猴桃的告示吗？

"外人可以去推销吗？"门门试探着说。

"当然行，你有办法？"

"试试。"

门门说过他的想法，就又有些后悔了：自己是来干什么的，倒又干这事？但那四五个人立即热情起来，千声万声地鼓励他：

"你能办，就为我们这苦地方办一件好事吧，那全大队每一户人家不知怎么感激你呀！提成的事，我们不悔，我们可以写合同书！"

门门想：办了吧！办了这事，木料弄到手，我门门就可以回去了，要不，我到哪儿去呢。躲了初一躲不了十五啊！他拍拍脑门，说：

"小月姐，我也是为你就干了！"

那四五个人猛地听了这话，都莫名其妙了，他知道失了口，赶忙说：

"我干，我是荆紫关对面小街上的人，叫门门，请相信，我是正人，你们可以派人解十五个木排，和我一块把猕猴桃运往丹江口市，事情成后，再付我报酬，但木料指标一定要交给我！"

　　这一夜，月亮湾北岸南岸就忙活起来了，连夜解排，连夜装货，而门门又喝上了酒，那是村里人送他的，喝得沉沉，一觉睡到了天明。

十四

　　小月睡在床上，哭一阵，想一阵，想一阵就睡着了，醒过来就又哭，眼睛已经红肿得像烂桃儿了。王和尚做好了饭，给她端了一碗，她不吱声，也不翻动，王和尚连问了三声："你吃不吃？"啪地一下连饭带碗摔在小月床下。末了，又过来扫了地上的饭，连同锅里的饭一起倒在木盆里端进牛棚去。到了牛棚，才清醒牛早已死了，唉唉地苦叫几声，一个人到地里流眼泪去了。

　　爹一走，院子里就特别静，起了风，门楼上的葡萄树枯叶就嘶啦啦响。才才和他娘悄没声儿走进来了。才才也是睡过了两天，人黑瘦得眼眶成了两个坑，眼球黄得可怕。他头仍还在疼着，被他娘用火罐在两边太阳穴上、眉心上拔了三个红血印块，可可怜怜地站在床边，却说不出一句话来。才才娘说：

"小月，你听婶说，你要起来，你要吃饭啊。你不吃饭，这么躺着，你爹心里不好受，婶心里也慌得不行呢。事情过去了，就过去了，年轻人，谁不保谁没个闪失？依我看，这不一定全是坏事，往后他门门还敢来骚情吗？你也从此就认清谁是啥人了！你要起来，在院子里转转，吃些东西；要是伤了身子，这两家人又该怎么过活呀？你爹和我都是风地里的灯，他咳嗽得那么紧，我的气管炎又犯了，才才又是没嘴葫芦人，还不都要你承携吗？家里少不了你啊！村里人说闲话让他们说去，谁都知道这是门门作的孽，只要你和才才好，他谁一个屁也不敢放了。"

小月只是听着，还是不吱声。才才娘就让才才去烧些米粥去，才才低着头，摇摇晃晃走不稳，但还是去了。粥烧好了，端来了，放在小月的枕头边上，小月只是不吃，眼泪无声地从脸上流下来。

王和尚从地里回来了，见了这个样子，就又哭，才才娘说：

"他伯，你是怎么啦？啥话也不要说了，都不要说了！"

"你知道吗？工地上起了吼声，要打门门，那野东西就吓跑了！"

"他活该这样，狼吃了才好哩！"

两个老人就在台阶上默默坐着，坐一会儿，才才娘和才才就抹着眼泪回去了。

小月在床上听见了他们的话，眼前一黑，就昏过去了。醒来的时候，头就炸疼。几天来，她看着爹白日黑夜捂着心口咳嗽，才才娘一天三晌过来看她，更是那才才的样子，使她深深地忏悔起自己的不该了。她想：这两家人实在可怜，一个没了外边人，一个没了屋里人，几十年来相依为命，自己又一直是两家人的结连系儿，如今自己没能尽到对两位老人的孝敬，倒是要使他们多年来的唯一所抱的希望遭到了打击，如果事情真要再坏下去，这两家人还能再好吗？爹怎么去见才才娘呢？多少年来，自己家里哪一样活不是才才帮着干的？他为了这个家，他为了有她这个将来的媳妇，少睡了多少囫囵觉，多出了多少牛马力？难道这么下去，使他一切都落空吗？他本来就太老实，受一些人作践，那他还能再活得有自信和力量吗？

"我对不起才才，我真对不起才才！"

但是，当她这种忏悔占据了心灵的时候，当她一遍一遍回忆着才才几年来对她的好处的时候，她却又想起了他的不足、错误和坏处来。"你为什么不争气呢？你为什么说不醒呢？你就那么死！那么不开窍！我用热心温不暖你的一块冷石头啊！"现在，又听说门门被赶跑了，这门门，真的就是坏人吗？他跑到哪儿去了？没父没母，缺兄少妹，他一个人白日在哪儿吃饭？夜里在哪儿睡觉？那心里又是怎样个痛苦啊？！

小月一会儿想到才才，一会儿想到门门。想才才的好处时偏偏就又想到了门门的好处，想门门的坏处时又偏偏想到了才才的坏处。她不知道自己一颗心应该怎么去思想。整整一个夜里，合不上眼，末了，就打自己，拧自己：

"都怪我，我怎么就不是个男人？既然是个女的，为什么不像老秦叔外甥女那样的女人？！"

　　第二天起来，稍稍吃了些饭，她就走出了门，飘飘忽忽走到村后的山梁上。山梁上埋着她看不见叫不应的亲娘。她坐在娘的坟头上，痴呆呆看着坟上的荒草，看着空空白白的天空，看着山梁下的丹江河水。河水在不紧不慢地，一个漩涡套着一个漩涡往下流；河水还是好啊，可以一直流到无边无际的海里去。

　　海是个什么呢？她却想象不出个具体的结果。

　　太阳照着她，热辣辣的，潮潮的地上蒸着湿气，蜜蜂在草丛中嗡嗡地叫，她躺下去，抱着坟头的石头睡着了，迷糊中觉得在抱着娘的头。

　　突然，一阵杂乱的叫喊声把她惊醒，她抬起头来，看见那丹江河里浩浩荡荡开下来了十多个木排，阵势儿十分壮观，一字儿长蛇，排与排头尾相接，每一个排上都高高装着竹筐，排头站着一人。那第一个排上，站着的正是门门。

门门！他站在那里，手里举着长长的竹篙，双脚分叉，头发蓬乱，裸着的上身被太阳照得一闪一闪，像是放瓷光。啊，他怎么在河里，怎么撑着排？他是从哪儿撑来的？又如何会领着这么多人到什么地方去？小月不相信这是真的，揉了一次又一次眼睛，啊啊，那就是他，他没有跑远，他没有死去，他还直直地在风里浪里的木排上站着！

村口的河岸上，村里人站着，大声咒他，骂他，用口水唾他，竟又拿石头向江心掷着打他，叫喊着要他回来把事情说清，又恐吓着他又去哪儿干什么黑勾当而要上告他。门门只是不理，也不回过头来，直直地站在排头。村里人越发愤怒到了极点，沿江岸顺着木排跑，那石头、瓦块、咒骂声一起往江心飞去。

小月闭上了眼睛，不忍心看这场面。

"是我又害了他，是我又害了他啊！"

但她终不明白，他这又要到哪里去呢？他真的变得破罐子破摔，真的去干了什么黑勾当？

十五

　　五天后的夜里，门门却回来了。他从荆紫关浮水过来，默默地坐在那系在河岸柳树下的木船上。五天来，他们到了丹江口市，意想不到地顺利完成了推销任务，就披星戴月坐车从河南赶回来。月亮湾的人都回去了，但他一定要回村看看小月。坐在小月的船上了，就禁不住想起第一次从丹江口市回来的情景，现在，河里是这么空落，月亮冷冷地照着，水流得溅溅。木船还在，小月的身影在哪儿？哪一片沙石上还留着小月的咯咯笑声呢？他回来了，回来得这么凄凉，像一个小偷，像一个潜逃犯，眼望着村子里灯光点点，鸡叫狗咬，他却不能大摇大摆地哼着戏文进村去了。

　　但他不愿意这么离开村子，他要见到小月，他要安慰她，求她原谅，他不能丢下小月在村里受罪，自己一走了了：那我还算什么男人，那我还算什么门门？我要见她，就是见上一眼，我也可以放心地更有力量地连夜去运那批木料了。

门门绕着街后的地边小路往小月家走。

院门开着，小月正在捶布石上捶浆过的床单。月光照着她的背影，单薄得多了；棒槌一起一落，重重地砸在床单上，发出咣当、咣当的响声，好几次棒槌竟打偏了，咚地砸在地上，她就呆呆地蹲着，微微地叹息了。又砸开了，节奏分明慢起来，一下，一下，门门站在那里，没有进去，觉得那棒槌在砸着他的心。

"小月姐！"

小月棒槌扬起来，突然在空中停止了，呆了一会儿，回过头来，啊的一声，棒槌从脑后掉下去了。

门门一下子扑进去，一把抓住了她的手，但立即又松开来：

"小月姐！"

噎得说不出话来了。

"你怎么来的？你回来啦？天呀，你不要命啦，你快出去，别让我爹看见了！"

门门说：

"我不走，我有话要跟你说啊！"

小月说：

"你快到屋后树丛里去，我去找你，这儿是说话的地方吗？"

门门擦着眼泪出去了。小月爬起来，眼前突然一片乌黑，接着就飞出无数金光，头晕得厉害。她站了一会儿，用手蘸些水，抹在头上，理光了头发，就慢慢到了屋后的树林子中，一见门门，踉踉跄跄跑过去了。

"你跑到哪去了？门门，你不能破罐子破摔啊！"

"我没有，小月姐，我没有！"

他说了自己去月亮湾、去丹江口市的原因和经过。

"小月姐，我不能不来看看你！我马上就走，连夜去月亮湾结账要指标，就直接去林场运木料，我还要到工地，我要以这木料作我的赎罪礼！"

小月靠在树上，默默地看着门门，突然满脸泪水，说：

"门门，他们委屈了你，我也委屈了你，你做得对，你只能这样，你快去运木料吧！"

门门点点头，转身要走了。

但是，才才正巧挑着粪筐走过，看见小月和门门在一起，气得浑身发抖：

"门门，你还够人不够人？你还让我们过活不过活啊，门门？！"

门门说：

"才才，你别这样，我来跟她说几句话。难道连说几句话都不行吗？"

"说话，说什么好话，跑到这树林子里能有什么好话？"

小月说：

"才才，你不相信他，你还不相信我吗，难道我是猪狗？！"

才才说：

"我信你，我信你，信你又来和这流氓在一起了！"

他突然大声哭起来，一双拳头没有打在门门的身上，却砸着自己的头：

"门门，你要长着人心，你不该这么一而再，再而三地欺负我，你不嫌我可怜吗？你不看在我面上，你也想想和尚伯和我娘啊！"

门门呆呆地站在那里，小月气得浑身乱颤。

王和尚听到吵闹，大声吼叫着，抄起扁担一路扑来，一扁担就打在门门的肩上。门门没有动，小月却抱住了扁担，连声叫喊：

"爹！爹！"

"谁是你爹？！你还有脸叫我爹！只说你回心转意了，谁知你这贱骨头这么死不知羞耻！"

一扁担便将小月也打倒了。

小月在地上滚着，只是喊着门门快走，不要把正经大事耽搁了。门门跑走了，王和尚又去追赶，自个儿先跌了一跤，赶回来抓起小月，啪、啪、啪一阵耳光，一把推出老远，骂道：

"你滚吧！我王家就是人死净了，也不要你这个不要脸的东西了！"

才才还在呜呜地哭，王和尚又扇了他一个耳光：

"你就窝囊成这个样子了？你求什么情？你手叫狗咬了，为啥不把那贼坏子卸下几件来？你羞了你先人了！"

王和尚拉着才才回到院子，砰地关了门，一个仰八叉倒在地上，口吐白沫。才才千呼万唤，王和尚一醒过来，却发疯似的将院子中的桶儿、盆儿、罐儿，一尽儿抓起来摔个稀巴烂。

小月从地上爬起来，一脸的鼻血，没命地跑走了。河岸上，门门正站在几棵杨树下往村里张望，她一下子抱住了他，月光下，眼睛里放射着痛苦、愤怒、惊恐的光。

"门门！"

"小月姐！"

"完了，全完了！"

"我，我……"

"门门，我害怕，我该怎么办呀？你抱抱我吧，用劲，用劲……"

门门像老鹰一样，猛地抱住了小月。静静地，保持着一个不变的姿势，那是一个爱和力的雕塑。他感觉到小月身子是那么瘦，就像是一捆干柴了。他低下头来，泪水落在小月的脸上。黑暗里，小月竭力地将脸仰上去，做着平生第一次长久的苦涩的亲口，当爱情和悲愤混合起来的力量流通两个身体之后，门门发觉小月正吊在他的脖子上，他一直是在托起着她。几片杨树叶子落下来，在地上发出软软的酥声。

"一盆水泼出去了，我只能是这样了，门门，你这阵心里是怎么想？"

"我连累了你，我不知道怎样才能赎我的罪，减轻你的痛苦！"

"你还爱我吗？"

"爱，小月姐。"

"那好，我跟你一块去运木头吧。"

"这行吗？"

"这是他们逼出来的！"

门门停顿了一下，同意了。

"什么时候走？"

"明日吧。"

"今晚就走，我实在憋不住了。"

他们揉着身上的伤，在月光下的河水里把脸上的血洗掉了。

"咱走得远远的。"

"走得远远的。"

两个黑影顺着沙滩逆河而上，听见小街上有一只狗在叫。

走过了山湾，荆紫关的灯火就看不见了，山势骤然窄小起来，河水猛地向西拐，河岸边的路就开始变成了忽上忽下的石径。

"门门，咱这是私奔吗？"

"不是私奔，咱还要回来的。"

"还要回来的。"

"是我要你和我走的，我真的是个流氓，勾引你了？"

"不，我只知道我爱你。"

"我也爱你。"

"我现在不能没有你。"

"我也需要你。"

"大伯很快就会知道你和我一块走了，他会更恨我了。"

"让他恨去吧。"

"那才才呢？"

"门门，不谈这些了！"

两个人又默默向前走。山越来越高，月越来越小，树林也密密的，传来各种各样禽兽的叫声。

"你还怕吗？"

"我有些冷。"

门门将他的衣服脱下一件，为小月穿上了。

他们走出了四十里的地方，到了红鱼渡口。渡口静悄悄的，没有一个人影，也没有一点灯光。小月腿一瘸一跛的，再也走不动了。

"咱到那坡根房子去。"门门说，"那儿有一间新盖的房子，据说准备办一个百货店，刚刚修起，还没人住哩。"

他们从一片乱石滩上走过，看见了山坡根上小小的三间房子。两个人走进了还没有安门的空室里，坐在了一张搭架用的木板上。

两个人又一次抱在了一起。

"好了，你也在那边躺下歇歇。"

门门没有动，手在摸索着。

"不敢，门门，不敢呢！"

门门停止了，手垂下来。小月就在木板上躺下，他自个儿坐在了门口，为小月执行着站岗任务。

河里的流水鸣溅溅的，听不到一点儿人的声音。

十六

第二天，他们到月亮湾结了账，取了木料指标，就赶到了八十里外的毕家湾渡口。

这里有个小小的镇落，设着一个木材场，先在木材场办了购买手续，但要等上游鸡肠沟木材场将一批木料运下来才能取货。门门就说：

"与其住在这儿等，不如咱到商君县城看看世面去。"

小月说：

"好呀，我从来还没进过县城哩，山窝子里把人憋得很了。"

两人就去给司机说情搭了一辆木头车当天就到了商君县城。到了县城，才知道那条三省交界的小街其实是作胡同最相宜了，而山窝子人觉得最阔气的荆紫关，也只能算是这里的一条小小的偏僻的窄巷了。整个县城一共是四条街，三条平行，一条竖着从三条平行线上切割，活脱脱一个"丰"字。一街两行，都是五层六层的楼房，家家凉台上摆了花草。那些商店里，更是五光十色，竟什么都齐全。小月的世界观就为之而转变了：世界是这么丰富啊！便后悔外边的世事这么大，而自己知道的是那么少。一群一群的青年女子从他们面前走过，穿得那么鲜艳，声调那么清脆，小月便有些不好意思，总是沿着商店墙根走。

"你怎么啦？"门门问。

"我怕人家笑话。"

"你瞧，她们都看你呢，她们惊奇你这么漂亮！"

"我真的漂亮？"

"漂亮，你挺起胸，就更漂亮了。"

小月便直直地挺了身子，门门一会儿走在她的面前，一会儿走在她的后边，只要提醒一句："身子！"她立即就将腰挺得直直的。

"是不是给你买双高跟皮鞋？"

"去！你是糟蹋我吗？"

门门并排和她走着，不时地向她耳语："小月姐，你瞧，人都目送你哩！"小月脸红红的，没有搭腔，也没有制止。暖洋洋的太阳照着她，她忘却了悲伤，尽力挥发着一个少女心身里的得意和幸福。

他们走进一家饭馆，门门点了好多好多菜，小月制止了：

"门门，别大手大脚的。"

"小月姐，咱钱多着哩。"

"有钱也不能这么海花，钱不能养了浪子的坏毛病。"

他们买了四碗馄饨，两个烧饼。

小月很快吃完了，先走出饭馆，看见斜对面是一家书店，就进了去，想买几本新小说。后赶来的门门却要了《电工手册》《电机修理》几本书。

"你尽买这些书？"

"我想回去买些电磨机、轧花机，现在有你合作了，一定能办得好呢。"

小月笑了：

"你知道我会同你合作吗？"

"我知道。"

"你不怕才才用石头砸了你的机房？"

"他要是聪明人，就不会用拳头砸他的脑袋！"

小月突然想：才才能到外边跑跑就好了。

这一天下午，他们几乎跑遍了县城的每一块地方，当下班的车流从他们身边奔过的时候，小月总是瓷眼儿看着那一对一对并排而去的男女。一辆小儿车被一对夫妻推着缓缓过去，她忍不住上去问孩子：几岁了？叫什么名字呀？门门过来悄悄问：

"是不是想要个儿子了？"

"放屁！"小月骂了一句。

"将来是会有的，儿子也是会和这孩子一样幸福的。"

小月用脚踢在了他的腿上。

夜里，直到十二点，他们分别睡在一家旅社，天露明就又搭运木头的卡车赶回了毕家湾木材场。

　　木料全部到齐了，两个人一根一根扛到河边，砍了葛条扎成大排，然后门门将那六个汽车内胎用嘴吹圆，拴在木排下边，让小月上去坐了，自个儿去江边的小酒店里买下一瓶白酒揣在怀里，将排哗地推向水面，一个跃身上去，顺河而下了。

　　木排走得很快。小月第一次坐木排，觉得比在船上更有味道。船在渡口，河水平缓，这里河面狭窄，河底又多是石礁，处处翻腾着白浪和游动着漩涡，她有些紧张起来了，双手死死抓住排上的葛条。门门就笑她的胆小了。他充分显示着自己水上的功夫，将长裤脱去，将上衣剥光，直直地站在排头，拿着那杆竹篙，任凭木排忽起忽落，身子动也不动一下。

　　"门门，你们撑柴排，运桐籽也就在这儿吗？"小月问。

　　"还在上游，离这里三十多里吧。"

　　门门就讲起撑柴排的事来，说有一次他怎样扎了一个七千斤的柴排，在下一个急湾时，掌握不好，排撞在石嘴上散了，怎样跳进水里将柴捆拉上岸重新结扎，赶回村已是鸡叫三遍了。又说夏季涨了水，浪铺天盖地，他可以一连撑四个排，一并儿从河中下，如何大的气派。

"这河上出过事吗？"小月问。

"当然出过。在急湾处，排常常就翻了，人被排压在水下，有时尸体被嵌在水底的石缝里，永远找不着。"

小月吓得浑身哆嗦起来，说：

"你千万小心，你不要站得那么边，你逞什么能吗？"

"没事，有你在排上压阵，还怕什么！"

河岸上，崖壁像刀切一样，直上直下，一棵树没有，一棵草也没有，成群的水鸟栖在上边，屙下一道一道白色的粪便。木排转弯的时候，就紧擦着崖壁下而过，小月看不见排下水的底面，用另一根竹篙往下探探，竹篙完了，还未探到底，心里就慌慌的，抬头一看崖嘴上，土葫芦豹蜂的球形的泥窠吊在那里，眼睛赶忙闭上了。

"害怕了吗？"门门放下了竹篙，从排头跳过来，坐在了小月的身边，然后就仰躺下去，将那酒瓶打开，咕咕嘟嘟喝了一气。

　　"你也喝喝，酒会壮胆哩！"

　　小月喝了一口，脸面顿时发红，眼睛也迷迷起来。门门还在不停地喝着，小月看见他胳膊上、胸脯上、大腿上，一疙瘩一疙瘩的肌肉，觉得是那样强壮、有力和美观。那眼在看着天，双重眼皮十分明显，那又高又直的鼻子，随着胸脯的起伏而鼻翼一收一缩，那嘴唇上的茸茸的胡子，配在这张有棱有角的脸上，是恰到了好处，还有那嘴，嘴角微微上翘……小月突然想起了发生过的事情，忍不住哧地笑了。

　　"你笑什么？"

　　"没笑什么。"

　　"我真有些要醉了。"

　　"我也是。"

　　"咱们就让这木排一直往下漂，一直漂到海里去。"

"漂到海里去。"

门门一把搂过了小月，小月挣扎着，慌忙扭头看看两边岸上。岸上没有人。

天上的云骤然增多起来，从山的东边，滚滚往这边涌，太阳便不见了。小月看着头顶上的黑兀兀的大崖，觉得大崖似乎要平压下来。

"小月！"门门叫了一句。

"叫姐！"小月说。

"小月姐，姐，你瞧瞧，那朵云是什么？"

"像一只小羊。"

"像一头狮子，你再看。"

小月看时，那云就变了，果然像是一头狮子，气势汹汹。

这当儿，哐的一声，木排一个剧烈的摆动，险些将两人扔在水里。门门爬起来，大声叫着，原来木排撞在一堆乱石上，被卡在了那里，木排仄仄的，前头要翘起来了。小月惊慌失声，门门唰地从排上跳到了石堆上，用身子拼命推那木排，一分钟，二分钟，木排艰难地向外移动，蓦地到了中流，忽地往上冲去，门门一个跃身扑过来，但脚没有踩住木排，身子掉在水里，双手却抓住了木排的两根橛头。小月啊地喊不出声来了，门门顺着那木排摆动着身子，终于翻上来，力量的对抗，使他的面部全然扭曲了。

小月再不让门门在木排上睡了，逼着他守在排头，厉声喝令要小心行事。

河面一会儿窄，一会儿宽，不停地过滩转湾。

山谷里的天气越来越坏了，风呼呼地从两边山沟里往下灌，又相互在河面纠缠，风向不能一致，木排摆动得更大了，常常就静止似的停在那里，或者突然转一个转儿。门门叫道：

"不好了，要下暴雨了！"

一句未了，那雨就啪啪地打下来，雨点像石子一样，打得人眼睛睁不开。两人立时浑身精湿，小月要求把排靠岸，避避雨。门门说：

"不行，这里比不得咱门前那儿，说雨就雨，马上山洪就会下来的。"

　　果然没有多久，峡谷里更是阴暗，雨里竟夹起了冰雹，连绵不断的风卷扬起了大量的枯枝败叶，两边山崖上发出了巨大的轰响，一些老树被摧毁了，有的山坡剥了皮似的掉下一片，碎石、泥浆直涌进急流之中。许多山头上，可见各种受惊的动物拥挤在一起，有狼，有狐狸，有蛇，也有山羊。小月看见有一只兔子和山鸡的尸体冲到木排的边沿上，倏忽又不复存在。天空中乌云越来越重，不时被雷电的曲折行程所劈裂，电光忽儿这里，忽儿那里，照亮着沉沉的阴暗。一只鸟儿在空中胡乱打旋，接着一斜，啪地掉在木排上，动也不动地死了。

　　小月一直陷入痴惘的状态，生存的本能，使她死死抓着木排上的葛条不放，极度地惊恐，将牙狠命地咬着嘴唇，血从嘴角流下来。

　　"小月姐！抓牢！不要怕，有我哩！"

　　门门大声叫着，他并没趴在排上，也没有弯下身子，他知道这时候，他稍稍一胆怯，这木排就会撞在崖上，打落水中，那小月姐就完了，他也就完了。

"要坚强，小月姐！"

小月看见直立在排头的门门，心里充满了一种极度的感激：他是一个勇敢的男人，一个拯救着她生命的了不起的英雄。

"相信我，小月姐！"

她大声回答着：

"门门，我信得过你！"

"好，你给我加油！"

"加油！加油！"

小月忘记了害怕，忘记了惊慌，浑身是力量和自信。她爬到了排头，坐在门门的身下，大声地和门门呼应着"加油"。

木排以极快的速度冲出了三十里河面。

风雨渐渐地小了。小月感到奇怪，门门说：山谷就是这样，一处一个天气，一时一个天气。等再下行十里，转过一个偌大的河湾，那边风停雨住，河面上虽然一片灰黄的浊流，天上、山上却一派光亮。

两个人筋疲力尽，坐在木排上，门门又喝起酒来。

"没事啦。"

"没事啦。"

两个人紧紧抱在了一起，谁也再没有说话，默默庆祝着他们的胜利。

再有十里水路，就到了他们那山窝子村了。可爱的家乡，他们是多么想见到它，但是，他们又都心里空落起来，怕这水路怎么这样快就完了，又要回到这令他们难以对待的老家。

"让我从这儿下去吧，免得村里人看见了又说闲话。"小月哭丧着脸说。

"不不！小月姐，咱怕什么呢？"

"你说不怕？"

"不怕！"

"你不怕，我也不怕！"

"碎仔儿！"小月突然又这般叫起门门，"你说，村里人又会怎么说咱了呢？"

"你不要说这些，小月姐，我不想听这些。"

"可他们要说呀，咱们还要在村里住呀！"

"咱们不是坏人吧？"

"好人。"

"是好人，小月姐。"

"可为什么村里人不理解呢？"

"……"

"总会有认识的时候吧？"

"会有吧！"

两个人默默地看着，默默地苦笑了。

"你说，村里人都说才才好，我真的不如才才吗？"

"都好。"

"都好？"

"可我觉得你更好。"

"更好？！"

"才才老实，和我爹一样都是好人，可我觉得他好像是古代的好人……"

"那我呢？"

"你好得正是时候。"

"是时候？"

"你别问了，门门，我也说不清呢，反正你就是你，我觉得好呢。"

他们又长时间沉默了。河水平静得看不见流动，但木排却不知不觉地极快地前进。

小月看着河水，竭力想什么也不要再思想，但才才的影子却一下子不能抹去了。终于又说：

"门门，我再跟你说一句，你要慢慢和才才好起来，你答应我吗？"

"答应。小月姐。"

"咱们要干好咱们想要干的事，眼下一定要把家里的地种好。咱毕竟是农民，把地种好了，谁也不会说闲话的。咱可不要像才才那样，他太死板了，那样下去，他是个好农民，是个苦农民，也只能是个穷农民。你要有空多看些书，村里人看不惯的你那些'油'气，你要有志气，就把那烟少抽些，你不会多订几份报纸吗？还有，你现在是有钱，可不能说话气粗占地方，大手大脚，养下些坏毛病。你按我的话做了，村里人就会知道你原来是个好的，也就没有人笑话我了。"

"我记住了，小月姐。"

门门立在排头，回过头来给小月点着头，就轻轻笑了。小月也笑了。望着那嘴唇上已经有一抹淡淡的胡须的可亲可爱的方脸，她心里却酸酸地说：

"唉，世上的事难道就没有十全十美的吗？如果门门和才才能合成一个人，那该是多好啊！"

在商州山地

——《小月前本》跋

正儿八经写长一点篇幅的小说，我是不敢有企图的。很多年以来，我一直视我的创作是试验；无论短的小说，散文，诗，成功或者失败，自然我是认真对待的，但并不看得过分严重。我只是抱定一个信念：好的东西我还没有写出，埋着头，以每一篇为首篇，好好写吧。

《小月前本》便是这样的产物。

它谈不上是由此岸到达彼岸的一座水泥钢筋桥，也不是树木解成的板桥，说穿了，是一块仄石，浅浅的流沙河上等距离排列的一溜的第一块仄石。

我的家乡叫这种排列为列石，它可以供过河者踩踏，"紧过列石慢过桥"，乡间的俗语已经决定了它的作用是暂短的一瞬。

一九八三年的春节，闲着无事，无意间读了美学家宗白华先生的几句话。他写于二十年代，是写给大诗人郭沫若的，说："一方面多与自然和哲理接近，养成完满高尚的'诗人人格'，一方面多研究古昔天才诗中的自然音节，自然形式，以完满'诗的构造'。"这话于我极合心境。因为这一年，是我的而立之年。人的一生有几个三十春秋啊！可我的创作，总是缓缓慢慢。我检点着我的不是，意识到我的理论的修养，艺术的修养，生活体验的修养，很不适合我目前的创作需要。我小看起我以前的那些浮浮浅浅幼幼稚稚的作品了，厌烦起我这些年来热热闹闹轻轻狂狂的日月了。我给友人的信中，反复说：我要成熟！

我原是山里的土人，几年之间，倒成了城中的市民。虽然仍算是一个城市装潢的土特产吧，但毕竟对新的农村，新的生活，不全然尽知了。于是，在农历正月十六日，小女为我爆放了一串还剩余的花炮，我便一头钻山去了。我那时产生了一个奢想，也是下了一道命令，说：请结束你的游击战，在生你养你的商州故乡，开辟一块根据地吧，数年之间，或"达摩面壁"，或"居山落草"。

商州，实在是一个神奇的土地呢。它偏远，却并不荒凉；它贫瘠，但异常美丽。陕西的领土，绝大部分属于黄河流域，但它偏为长江流域。它是八百里秦川向汉中盆地的过渡。其山川河谷，风土人情，兼北部之野旷，融南部之灵秀；五谷杂粮茂生，春夏秋冬分明，人民聪慧而不狡黠，风情纯朴绝无混沌。我背着我的笔纸，开始一县接一县地走动，真所谓过起温庭筠曾描写过这里的生活了："鸡声茅店月，人迹板桥霜"。遇人家便讨吃讨喝，见客店就歇脚歇身，日子虽然辛苦，却万般地忘形适意。农村的新的变化，新的生活，新的人物，使我大开眼界。我虽然不满足这种仅仅还是走动的下乡，但仅仅这种走动，足以使我悔恨自己行动得太迟了，太迟了；想到往日城中的烦闷、无聊、空虚和无病的呻吟，我就曾躺在丹江河的净沙无尘的滩上大喊："这是多好的土地啊，光这空气，就可以向全世界去出售！"

　　长途之中，我开始了我的写作，我常常处于一种随心所欲的境界，一连串草出了十四篇系列散文，合在一起，起名为《商州初录》。它写得很粗糙，几乎没有技巧上的讲究，但一些文友看了，倒过奖为"不讲技巧的技巧"。我拿去在《钟山》杂志上发表了，反响不敢说是不大，收到了众多的全国各地读者的来信。有的竟询问：真的有这么个好商州吗？我说，是有的，我的记录全乎无一处没有出处啊！

写完了《商州初录》，我突然又滋生了一种非非之想：要写《商州再录》和《商州又录》。欲以商州这块地方，来体验、研究、分析、解剖中国农村的历史发展、社会变革、生活变化，从一个角度来反映这个大千世界和人对这个大千世界的心声。这当然仅是一种美妙的设想，我清楚我的力气，只能担当起一位勘探队的向导罢了。但我力争是一位殷勤的认真的向导。

也就在这次长途之中，也就在完成《商州初录》的过程之间，我来到了丹江河的下流。这里是陕西、河南、湖北相交的地带，真个山高月小，水落石出。听人介绍：再往下走，可到一石踏三省的白浪街。好诗意的去处！人是经不住诱惑，我无论如何也该去一趟看看。但这又谈何容易，没有公路，有的是隼嘶狼嗥，山的寂静是一种怕，河的热闹又是一种怕。我背上干粮，大声唱着（此时的唱不是一种消遣，是壮胆，一唱就不敢止），开始沿河边的一条狼牙刺丛中盘绕的毛毛道爬涉了。日在峡空，满河震响，河中出现了一只木排。撑排人是最孤独的，却在自然中还原了自然，衣服剥脱，竹篙横手，过急流险滩之时，立排头，明双目，手忙脚乱，搏斗是最好的词了。下行平缓之处，山风徐来，水波不兴，仰天平躺，吼一种花鼓。我当时呆了，小知识分子的情调泛上，惊呼其情其景，妙不可言。便去求水中人：能不能让我上去坐坐？他们竟大喜。一根香烟，生人便作知己，硬载我下行了四十里路。排上的生活真是有趣啊！他们给我讲了许许多多水上的生活，得意了就大笑几声，气恼了便粗骂一句。我好不感激这些意外的朋友，沿河停歇，就买酒来喝，竟喝得我酩酊大醉。

到了白浪街，住在一户农家，接触了村街中好多人事。不妨直说，他们是有喜，有怒，亦有哀，有乐。尤其使我感兴趣的是，街正中有一家，门口正好是踏三省的石头。家长是一个老头，少儿多女，大女们全出嫁了，女婿有陕西的，有河南的，有湖北的。逢年过节，三省的女儿女婿来，行不同的礼节，说不同的音调，人称老头为"三省总督"。唯有一女未嫁，正与街中一后生恋爱。这后生形象在街上唯一俊美，行为却被众人讥之不正。他做生意，办副业，手头活泛，穿戴讲究，是典型的能吃大苦亦能享大乐之人，却落得人缘孤独。此女竟反村人而动，一片热心待他，暗定了终身，惹得一场风风雨雨，被老头用棒槌打骂几顿。我到了那里，老头虽极度热情，但眉里眼里仍留有愁恨。此后，又了解了这家的情况，联想到长途之中所见闻，思考了许多问题：新的形势发展，新的政策颁发，新的生活是多么复杂而迷离啊！投映在农村每一个阶层人的心上，变化又是多么微妙啊！对于土地，对于传统的道德观念，老年人和青年人有区别，青年人和青年人有区别。他们仅仅是粮食丰收，有吃有喝吗？不，还有好多好多能说清和说不清，甚至只有朦胧的意会的问题。新的生活的到来，在这么一个偏远的边地，向一切人的心灵打开了一扇窗子，尤其是年轻人，或许，他们对他们的自身，对他们脚下的路，认识是不十分明确，但他们在向往着、追求着新的东西；或许他们还一身旧的东西，又带上了一些新的毛病，但他们的向往和追求是顽强的。他们意识到新的生活在召唤他们，他们应该知道山外的大世界，应该认识这个大世界和这个大世界中的他们自己。当然，这一切于他们可能是多么艰难、危险，甚至会陷于不可自拔的绝境……

连我也没有想到，这些思考，竟会使我在匆匆完成《商州初录》之后，立即便又草写了《小月前本》。但我的思考是太浅薄了，未免会出现这样那样的偏差；而在写作过程中，笔力常常不逮。我不会结构大的情节，我想步步为营地推进，我想尽一切办法使调子拙朴一点，但却控制不住节奏。我只是笨拙地想：使作品尽量生活化吧，使所描绘的生活尽量作品化吧。这样是不是行？我安慰自己：试验一下，若效果不好，就在以后校正吧。于是，一个毛头的不安分的小月就发表出来让她唱一出"前本"了。

作品一问世，是好是赖，社会是会评头论足的；我背起笔纸又二返了商州，三返了商州。在商州最南的山阴县，在最西的镇安县，新的山地生活，使我又多了一番见识，一层思索，我又写出了《商州再录》，写出了中篇《鸡窝洼的人家》。我叮咛自己：要总结《小月前本》的得失，要更忠实于艺术，力争在新的作品中更尽我的心意些。

贾平凹小传

姓贾，名平凹，无字无号；娘呼"平娃"，理想于顺通；我写"平凹"，正视于崎岖。一字之改，音同形异，两代人心境可见也。

生于一九五三年二月二十一日。孕胎期娘并未梦星月入怀，生产时亦没有祥云罩屋。幼年外祖母从不讲甚神话，少年更不得家庭艺术熏陶。祖宗三代平民百姓，我辈哪能显发达贵？

原籍陕西丹凤，实为深谷野洼；五谷都长而不丰，山高水长却清秀，离家十年，季季归里；因无"衣锦还乡"之欲，便没"无颜见江东父老"之愧。

先读书，后务农，又读书，再弄文学；苦于心实，不能仕途，拙于言辞，难会经济；捉笔涂墨，纯属滥竽充数。

若问出版的那几本小书，皆是速朽玩意儿，哪敢在此列出名目呢？

如此而已。